임미옥의
시적
동행
2

마음이 머무는 시선

임미옥 지음

새미

시를 읽는다는 것
『임미옥의 시적 동행』을 시작하며

시를 읽는다는 건 무엇일까. 그저 감탄하며 밑줄을 긋는 일일까, 아니면 이해할 수 없다는 당혹감에 멈춰 서는 일일까.

내게 시 읽기는 언제나 살아내는 일과 닮아 있었다. 삶이 부서지는 순간에도, 어떤 시는 그 조각을 품고 찾아왔다. 차마 말할 수 없었던 시간, 침묵을 견디게 해준 것도 시였다. 주저앉거나 멈춰선 곳에서 나를 이끌어준 것도, 더 멀고 높은 곳을 보여준 것도 시였다.

시를 읽는다는 것은 삶의 깊은 골짜기에서 뜻밖의 빛을 만나는 일이다. 그리고 존재의 가장 높은 봉우리에서 떨어진 빛의 조각들을 모아 마음의 지도를 그려나가는 일이다. 말하지 못했던 감정이 한 줄의 시에서 말문을 트고, 감당하기 어려웠던 마음이 한 편의 시 안에서 다소곳이 앉는 것을 나는 여러 번 경험했다.

시는 부드럽기만 한 언어가 아니다. 때로는 차가운 거울이 되어 외면했던 진실과 마주하게 한다. 나는 그 냉정함 덕분에 스스로를 돌아보게 되었다. 내가 시를 읽을 때, 시는 나를 읽었다.

시는 상처를 어루만지기도 하지만, 그 상처 너머를 바라보게 만드는 통찰의 빛이었다. 시는 가만히 어깨를 토닥이는 손이면서, 때로는 등을 떠미는 바람이었다. 시는 주저앉은 나를 일으켜 세우고,

멈춰 있던 자리에서 걷게 했으며, 생각지도 않은 힘으로 뛰게 하기도 했다. 그리하여 내 안의 또 다른 '나'에게 도달하게 했다.

무엇보다 시는 나에게 어둠 속에서도 길을 잃지 않고 나아가게 해준 가장 조용하고 단단한 동행이었다. 시가 내게 말을 건네고, 나는 그 말을 읽으며 함께 걸어왔다.

『임미옥의 시적 동행』은 그런 시들과의 내밀한 교감의 기록이며, 함께 걸어온 시간의 흔적들이다. 이 시 해설 시리즈는 시가 내게 먼저 말을 걸어오거나, 내가 시 곁에 말없이 머물다가, 마침내 다시 피어나는 마음을 따라 쓴 기록이다.

1권 『시는 그렇게 말을 건다』에서는 시가 먼저 내게 말을 걸어온 순간을, 2권 『마음이 머무는 시선』에서는 그 말 앞에 멈추어 오래 응시한 시간을 담았고, 3권 『꽃피는 마음으로 시를 읽다』에서는 그 응시 끝에 마음이 조용히 피어나는 이야기를 담아가려 한다.

시는 말보다 깊은 위로이며, 침묵보다 명료한 고백이다. 시는 때로는 차가운 거울이며, 때로는 번뜩이는 통찰의 빛이다. 그 모든 것을 담은 이 책들이 누군가의 고요한 순간에 작은 등불 하나 되어 주기를, 시 한 줄처럼 다정히 곁에 머물기를 바란다.

인사의 말씀

시와 함께 걸어온 길을 돌아보며

시가 구원이 될 수 있을까. 내가 정말 시를 사랑하고 있을까. 짧지 않은 시간 동안 시를 쓰고 가르치면서도, 그런 회의가 늘 마음 한켠에 남아 흔들리곤 했습니다.

그러던 어느 날, 한 통의 전화가 걸려왔습니다. 조간신문 『일간투데이』에서 매주 한 편씩 시 해설 원고를 청탁해 온 것이었습니다. 정해진 마감일과 분량 안에서 시를 고르고 해설을 쓰는 일은 저에게 꽤 큰 부담이자 새로운 도전이었습니다.

그럼에도 저는 그 제안을 받아들였습니다. 시에 대한 막연하기만 했던 애정과 회의를 한 번쯤은 정면으로 마주하고 싶었기 때문입니다. 그렇게 시작된 연재는 매주 저를 시 앞에 서게 했고, 시를 깊이 읽고, 마음으로 감응하며, 그 감응을 언어로 풀어내는 연습을 하게 했습니다.

시를 읽고 쓰는 동안, 나는 혼자였지만 시와는 함께였습니다. 마음을 움직인 시를 누군가와 나눌 수 있다는 것—그것이 이 글쓰기를 지속할 수 있었던 힘이었습니다.

그러나 118회를 마치고 119회를 준비하던 어느 날, 예기치 못한 교통사고가 일어났습니다. 제가 운전하던 차는 완전히 부서졌고, 저는 119 구급차에 실려 병원으로 이송되어야 했습니다. '임미옥의 목요시선'은 그 자리에서 끝이 났습니다.

몸이 회복된 뒤, 연재를 계속하거나 연재 원고를 책으로 엮으려 했지만 곧이어 닥친 코로나 팬데믹으로 인해 계획은 자꾸 미뤄졌습니다. 2023년 초부터 매일 한 편씩 다시 살펴 수정·보완했지만, 그 무렵 저 역시 코로나에 감염되어 입원했고, 오랜 후유증까지 겹치며 작업은 여러 차례 중단되었습니다.

결국 연재를 마친 지 4년이 넘어서야 책 엮기에 착수했고, 5년 만에야 이 책이 세상에 나오게 되었습니다.

그 시간 동안, 저는 시를 더 깊이 음미하고 더 오래 바라보게 되었습니다. 한 편의 시를 온전히 이해하려면 그 시가 탄생한 삶의 뿌리까지 함께 바라보아야 한다는 생각으로, 시인들의 생애 또한 조심스레 되짚었습니다. 그러는 사이, 문득 마음을 두드리는 시를 새롭게 품기도 하고, 내 안에서 울림이 사라진 시는 조용히 떠나보내기도 했습니다.

연재 순서 대신 '시의 사계절'에 따라 책을 구성했고, 각 계절의 장마다 영원을 노래한 시들을 담아 희망의 자리를 남겨두었습니다.

　　돌아보면, 이 동행은 저에게도 하나의 구원이었습니다. 허무와 절망, 회의와 번민의 늪에 빠져 있던 저에게 제가 고른 시들은 위로이자 희망의 빛줄기였고, 그 시들로 엮은 해설은 구원의 그물이 되어주었습니다.

　　시와 더불어 부대끼는 동안 저는 다시 시를 사랑하게 되었고, 그 사랑은 제가 살아 있다는 증거이기도 했습니다. 그렇게 한 편 한 편 시와 함께 걸은 시간들을 되새기며, 저는 이 책의 이름을 『임미옥의 시적 동행』이라 붙였습니다.

　　'시적 동행'이라는 표현은 그 자체가 하나의 철학적 선언입니다. 이 동행은 시와의 동행인 동시에, 시의 방식으로 살아보려는 지성과 감성, 그리고 영성의 동행입니다. 이 책이 누군가의 마음에도 조용히 말을 거는 한 권의 시가 되어주기를 바랍니다.

　　이 자리를 빌려, 이 시적 동행의 밑거름이 되어주신 분들께 깊이 감사드립니다. 먼저 이 책에 실린 시를 세상에 내어주신 눈 맑고 마음 따뜻한 시인들, 부족한 저에게 연재의 기회를 주신 『일간투데이』 관계자 여러분, 어려운 시기에 기꺼이 책으로 엮어주신 출판사 사장님과 편집자님께 진심으로 감사드립니다.

　　늘 곁에서 격려해 준 벗들과 문우들, 시의 식탁을 함께 나누고, 존재의 결을 문장으로 새기며 통합 창작의 여정을 함께 걸어온 용산아이파크문화센터의 따뜻한 길벗들, 그리고 매주 글을 기다려 마음으로 읽어 주신 독자 여러분께도 감사의 인사를 전합니다. 무

엇보다도 언제나 제 곁에 있어 준 가족에게—기쁠 때나 슬플 때나,
넘칠 때나 부족할 때나 그 따뜻한 자리에 늘 함께 있어 주심에 깊
은 감사를 드립니다.

　이 책이 제가 받은 따뜻함을 다시 전하는 한 권의 시가 될 수 있
기를 바랍니다.

— 임미옥

시를 읽는다는 건, 말을 건네는 시 앞에
조용히 마음을 내려놓고...

시를 읽는다는 건,
말을 건네는 시 앞에 조용히 마음을 내려놓고 오래 머무는 일이다.
나는 그렇게 오래 앓던 마음의 자리를 지나
어느 시 앞에서 발걸음을 멈추곤 했다.

그 시가 먼저 다가오진 않았지만,
내가 조심스레 다가갈 수 있었다.
그 시가 나를 위로하지 않았지만,
내가 시의 위로를 받아들일 수 있었다.

이 책은 그런 순간들의 기록이다.
마음을 가만히 들여다보다가
문득 어느 시 한 줄 앞에서 숨을 고르게 되었던 시간들.
삶이 말문을 닫을 때,
시가 눈길로 말을 걸어오던 순간들.

나는 그 눈길이 머무는 곳에 마음도 함께 머물게 되었고,
그 머묾 속에서 시와 삶을 다시 바라보게 되었다.
『마음이 머무는 시선』이라는 부제는
내가 바라본 시의 자리이자,
시가 이끄는 내 마음의 방향이다.

지나침이 익숙한 세상에서
잠시 멈추고 바라볼 수 있는 시선,
그 시선이 닿은 자리에 마음이 머물 수 있다면
그 자체로 충분히 따뜻하고 의미 있는 동행이 될 것이다.

이 책에 담긴 시들은 모두
삶의 어지러움 속에서 조용한 울림을 준 작품들이다.
그 울림은 오래도록 남아 마음을 어루만졌고,
나는 그 감응의 여운을 따라 한 줄 한 줄 써 내려갔다.

조급한 하루의 리듬을 멈추고,
시의 속도에 맞춰 걸어가 보는 시간.
그 속에서 우리는 다시 느낄 수 있다.
시가 말을 거는 방식은 언제나 다정하고,
그 말을 듣는 방식 또한 조용해야 한다는 것을.

이 책이,
자신의 내면에 귀 기울이며 시의 시선에 마음을 내어줄 수 있는
누군가에게 조용한 동행이 되기를 바란다.

차례

1부 봄
나도 모를 아픔을 오래 참다
처음으로

병원 윤동주

살구나무 그늘로 얼굴을 가리고, 병원 뒤뜰에 누워, 젊은 여자가 흰 옷 아래로 하얀 다리를 드러내 놓고 일광욕을 한다.

한나절이 기울도록 가슴을 앓는다는 이 여자를 찾아오는 이, 나비 한 마리도 없다.

슬프지도 않은 살구나무 가지에는 바람조차 없다.

나도 모를 아픔을 오래 참다 처음으로 이곳에 찾아왔다.

그러나 나의 늙은 의사는 젊은이의 병을 모른다. 나한테는 병이 없다고 한다.

이 지나친 시련, 이 지나친 피로, 나는 성내서는 안 된다.

여자는 자리에서 일어나 옷깃을 여미고 화단에서 금잔화(金盞花) 한 포기를 따 가슴에 꽂고 병실 안으로 사라진다.

나는 그 여자의 건강이, 아니 내 건강도 속히 회복되기를 바라며 그가 누웠던 자리에 누워 본다.

■출처: 『하늘과 바람과 별과 詩』(1955년 정음사 오리지널 초판본), 더스토리(2016).

잃어버린 마음의 눈, 치유의 통로가 되다

1941년 12월, 윤동주는 연희전문 졸업 기념으로 자선 시집 『하늘과 바람과 별과 시』를 내고자 했으나 뜻을 이루지 못했다. 그 시집에 수록하려 했던 19편 가운데 하나인 「병원」은, 애초 시집의 표제로 구상했던 시이기도 하다. 왜 하필 '병원'이었을까. 우리는 시인이 손수 제본한 자필 시고 세 부 가운데 한 부를 주었던, 정병욱의 회고를 통해 그 이유를 전해 들을 수 있다.

"처음에는(「서시」가 되기 전) 시집 이름을 『병원』으로 붙일까 했다면서 표지에 연필로 '병원(病院)'이라고 써넣어 주었다. 그 이유는 지금 세상은 온통 환자 투성이이기 때문이라 하였다. 그리고 병원이란 앓는 사람을 고치는 곳이기 때문에 혹시 이 시집이 앓는 사람들에게 도움이 될 수 있을지도 모르지 않겠느냐고 겸손하게 말했던 것을 기억한다."

— 정병욱, 「잊지 못할 윤동주 형」

그때는 제2차 세계대전이 발발한 1941년, 일제 치하의 불안 속에서 전쟁의 그림자가 점점 더 짙어지던 시기였다. 시대의 전운은 사람들을 병들게 했고, 시인은 그런 고통을 온몸으로 느끼며 "나도 모를 아픔을 오래 참"았을 것이다.

"그래, 그러니까 사람들은 살기 위해 이곳으로 온다. 내가 보기에는 오히려 여기서 모두 죽어가지 싶다. 밖에 나가 보았다. 온통

 마음이 머무는 시선

병원만 보였다."

　제1차 세계대전 무렵, 릴케는 『말테의 수기』에서 파리의 한 병원을 바라보며 이렇게 썼다. 골목마다 퍼지는 요오드포름과 감자튀김 기름, 그리고 불안의 냄새. 윤동주 시인 또한 그런 냄새를 맡았던 것 아닐까. 불안과 피로로 짙게 물든 시대의 공기를 그 역시 들이마시고 있었던 것은 아닐까.

　생텍쥐페리의 『어린 왕자』에서 여우는 이렇게 말한다.

"오직 마음으로 보아야 제대로 볼 수 있다."

　혹시 우리는, 그 아주 단순한 비밀을 잊은 채, 마음의 눈을 잃어버려서 "나도 모를 아픔"을 오래 앓고 있는 것은 아닐까. 『어린 왕자』 역시 제2차 세계대전 중 발표된 책이다. 불안한 시대일수록 시인들은 마음의 눈을 찾고자 했고, 시는 그 눈을 틔우는 언어였을 것이다. 그래야만 시대의 광포 속에서도 가장 소중한 것을 놓치지 않을 수 있으니.

"이 지나친 시련, 이 지나친 피로, 나는 성내서는 안 된다."
　시인이 이 말을 남겼을 때, 그는 얼마나 지쳐 있었을까. 그렇게 힘든 와중에도 자신을 다그치며, 누구에게도 분노를 퍼붓지 않으려 했던 시인의 마음은 얼마나 고통스러웠을까.

누군가는 이 마음을 '슈드 비 콤플렉스(Should be complex)'의 결과라 말하며, 그저 내려놓으라고 할지 모른다. 하지만 나는 그렇게 말하고 싶지 않다. 그것은 단지 강박이 아니라, 자신의 고통을 감추고서라도 누군가를 아프게 하지 않으려 했던 윤리적 선택이었을지 모른다. 그때 누군가 그의 그 마음을 알아주었다면, 그는 처음으로 덜 아팠을지도 모른다.

그래서 이 글은, 그런 마음으로 써 내려간다. "그가 누웠던 자리에 누워 보며", 그의 아픔과 시선 속에 잠든 마음의 눈을 다시 열어 보며.

윤동주(尹東柱, 아호: 해환(海煥), 세례명: 프란시스코)는 1917년 만주 간도성 명동촌에서 태어나 1945년 영면했다. 명동소학교를 졸업하고 은진중학교를 거쳐 평양 숭실중학교에 편입했으나 신사참배에 반대하여 자퇴한 뒤 광명중학교와 서울 연희전문학교 문과를 졸업했다. 이후 일본으로 유학하여 도쿄 릿쿄대학교 영문학과를 수학하고, 교토 도시샤 대학 영문학과에 편입하였다. 1927년 잡지《새 명동》을 제작하고, 1934년「초 한 대」·「삶과 죽음」·「내일은 없다」를 썼으며, 1935년《숭실활천》에「공상」을, 1937년《조선일보》에「달을 쏘다」,「자화상」을, 《경향신문》에「쉽게 쓰여진 시」를 발표하며 문단에 알려졌다. 문예지《새 동명》·《은화식물》 동인으로도 활동했다. 1943년 일제에 의해 독립운동 혐의로 체포되어 2년형을 선고받고 1945년 2월 후쿠오카 형무소에서 순국했다. 1990년 건국훈장 독립장이 추서되었고, 1999년 한국예술평론가협의회가 선정한 '20세기를 빛낸 한국의 예술인'으로 헌정되었다. **유고 시집**으로는「하늘과 바람과 별과 시」가 있다.

내가 한 사람의 가슴앓이를 멈추게 할 수 있다면 에밀리 디킨슨

내가 한 사람의 가슴앓이를

멈추게 할 수 있다면,

내 삶은 헛된 것이 아니리.

내가 한 생명의 아픔을 달랠 수 있다면,

혹은, 하나의 괴로움을 위로할 수 있다면,

혹은, 쓰러져 가는 한 마리 울새를 도와

둥지에 다시 넣어 줄 수 있다면,

내 삶은 결코 헛된 것이 아니리.

■출처: 번역 시선집 『디킨슨 시선』, 윤명옥 옮김, 지식을 만드는 지식(2011).

한 생명을 위로하는 시를 위하여

　예로부터 동양에서는 '도문일체(道文一體)'라 하여, 글을 통해 올바른 도리를 밝히는 것을 중시해왔다. 『역경』에서는 도와 문이 하나라 했고, 『동문선』에서는 "글이란 도를 꿰는 도구"라 했다. 서양에서도 투르게네프는 "시는 신의 말"이라 했고, 볼테르는 "시는 영혼의 음악"이라 표현했다. 시대와 지역을 막론하고, 시는 인간의 삶과 신성, 보편적인 윤리를 드러내는 형식이었다.

　하지만 현대에 들어 그 전통은 희미해졌다. 시는 점점 개인의 감정과 일상을 중심으로 쓰이게 되었고, 형이상성과 보편성보다는 특수성과 비속성이 더 중요시되는 경향이 강해졌다. 현대시는 이쪽에 치우친 나머지, 오히려 길을 잃고 미궁에 빠진 듯하다. 문학뿐 아니라 우리 삶도 그렇다. 물질만능의 풍조 속에서, 우리는 비속한 일상에 매몰되어 살아갈 방향을 잃고 헤매는 것은 아닐까.

　어떻게 살아야 할까. 무엇을 써야 할까.

　이럴 때 에밀리 디킨슨의 시를 떠올려보는 일은 깊은 의미가 있다. 그녀는 평생을 독신으로 은둔하며 살았고, 생전에 단 7편의 시만 발표했으나, 사후에 무려 1,775편의 시가 발견되었다. 그녀는 무엇을 위해, 왜 그토록 고독 속에서도 시를 썼을까? 그것은 세속적인 성공도 아니었고, 사랑이나 명예도 아니었다.

"내가 한 생명의 아픔을 달랠 수 있다면/…/ 내 삶은 결코 헛된 것이 아니리."

얼마나 간결하고도 절실한 시구인가. 어떤 미사여구 없이도, 우리는 이 문장에서 깊은 감동을 받는다. 막막한 인생길에서 하나의 이정표를 발견한 듯한 느낌.

살아 있는 동안, 헛된 것을 좇기보다 영원한 것을 향하자. 보이지 않는 신이나 추상적 영원만을 노래하기보다, 내게 다가온 한 생명의 고통을 덜어주자. 신은 가장 작은 존재 속에도 깃들어 계신다. 수천의 사람을 관념적으로 사랑하는 일보다, 눈앞의 누군가를 구체적으로 위로하는 일이야말로 천만 배 더 어렵고, 더 아름다운 일이니까.

에밀리 디킨슨(Emily Dickinson)은 1830년 미국 매사추세츠주 에머스트에서 태어나 1886년 영면했다. 에머스트 아카데미를 졸업하고 홀요크 여자전문학교에 입학했으나 중퇴했다. 1861년 《스프링필드 공화당 일간지》에 「나는 지금껏 빚지 않은 술을 맛본다」를 발표한 것을 시작으로 생전에 단 7편의 시만을 발표했으며, 사후 1890년부터 1896년까지 총 1,775편의 시가 세 권의 시집으로 연속 출간되었다. 1894년에는 두 권의 서간집이 간행되었고, 1955년에는 『에밀리의 시전집』이 정본으로 출간되었다. **번역 시집**으로는 『한 줄기 빛이 비스듬히』, 『세상에 보내는 나의 편지』, 『달은 바다와 멀리 떨어져 있지만』, 『나는 미를 위해 죽었다』, 『희망의 식탁은 행복밥상』, 『고독은 잴 수 없는 것』이 있다.

오늘은 내가 반달로 떠도 ^{이해인}

손 시린 나목의 가지 끝에
홀로 앉은 바람 같은
목숨의 빛깔

그대의 빈 하늘 위에
오늘은 내가 반달로 떠도
차오르는 빛

구름에 숨어서도
웃음 잃지 않는
누이처럼 부드러운 달빛이 된다

잎새 하나 남지 않은
나의 뜨락엔 바람이 차고
마음엔 불이 붙는 겨울날

빛이 있어
혼자서도
풍요로워라

〉
맑고 높이 사는 법을
빛으로 출렁이는
겨울 반달이여

■출처: 시집 『오늘은 내가 반달로 떠도』, 분도출판사(1983).

절반의 절망과 절반의 희망

　때로는 한여름에도 마음이 한겨울처럼 시릴 때가 있다. 마음의 뜨락에 "잎새 하나 남지 않은" 듯 절망이 찾아올 때, 우리의 눈길은 문득 하늘을 향한다. 그 어둠 속에 '반달'이 떠 있다. 시인은 그것을 "홀로 앉은 바람 같은/목숨의 빛깔"이라 부른다. 그리고 그 빛깔은 "누이처럼 부드럽다"고 노래한다.

　그것은 어쩌면 '반달'이 인생의 어려움 가운데서도 생명을 잉태하는 '누이'를 닮았기 때문이리라. 그 '누이'는 인생의 빛과 어둠이라는 양면성을 이해하는 존재, 그것을 고요히 감내하며 언제나 빛을 향해 나아가는 믿음의 사람일 것이다. 그 믿음의 고백은, 누이의 음성과 말투처럼 부드럽고 조곤조곤하여 조금도 거슬림이 없다.

　절반의 절망과 절반의 희망, 반달의 빛과 어둠 가운데서 나는, 그리고 당신은 무엇을 바라보는가? 빛 공해 속 거짓 광원이 아니라, 캄캄한 어둠 속에서도 자신을 감추지 않는 그 반달처럼, "구름에 숨어서도/웃음 잃지 않는" 믿음의 여유, 그 고요한 빛이 오늘따라 더욱 그립다.

이해인(李海仁, 속명: 이명숙, 세례명: 밸라뎃다, 수도자명: 클라우디아)는 1945년 강원도 양구에서 태어났다. 1964년 부산 올리베따노 성 베네딕도 수녀회에 입회한 뒤, 필리핀 세인트루이스대학교 영문과를 졸업하고 서강대학교 종교학과에서 석사 학위를 받았다. 1970년 《소년》지에 동시 「하늘」·「아침」 등으로 추천 완료되며 등단했다. 제44차 세계성체대회 준비위원, 성베네딕도수녀회 문서선교실 총비서, 부산가톨릭대학교 겸임교수 등을 역임했다. 새싹문학상, 여성동아대상, 부산여성문학상, 천상병시문학상을 수상했다. **시집**으로는 『민들레의 영토』, 『내 혼에 불을 놓아』, 『오늘은 내가 반달로 떠도』, 『시간의 얼굴』, 『사계절의 기도』, 『작은 위로』, 『작은 기도』, 『외딴 마을의 빈집이 되고 싶다』, 『다른 옷은 입을 수가 없네』, 『희망은 깨어있네』, 『서로 사랑하면 언제라도 봄』이 있다.

미완(未完)의 천국 토마스 트란스트뢰메르

절망이 제 가던 길을 멈춘다.
고통이 제 가던 길을 멈춘다.
독수리가 제 비행을 멈춘다.

열망의 빛이 흘러나오고,
유령들까지 한 잔 들이켠다.

빙하시대 스튜디오의 붉은 짐승들,
우리 그림자들이 대낮의 빛을 바라본다.

만물이 사방을 둘러보기 시작한다.
우리는 수백씩 무리지어 햇빛 속으로 나간다.

우리들 각자는 만인을 위한 방으로 통하는
반쯤 열린 문.

발밑엔 무한의 벌판.

나무들 사이로 물이 번쩍인다.

〉

호수는 땅속으로 통하는 창(窓).

■출처: 번역 시선집 『기억이 나를 본다』, 들녘(2011).

천국은 '이미'와 '아직' 사이

천국은 '이미'와 '아직' 사이에 놓여 있다. 여기에서 중요한 것은 '~로(to)'보다 '~로부터(from)', '위로부터의 영성'보다는 '아래로부터의 영성'이다. 이런 표현들은 모두 천국을 신의 뜻에 따라 이미 완성된 장소로 보는 관점에서 벗어나, 미완의 상태 속에서 인간의 선택과 실천을 통해 이루어가는 역동적 현실로 파악하는 사유를 담고 있다.

토마스 트란스트뢰메르의 시 「미완의 천국」은 바로 그 사유의 공간에서 출발한다. 시인은 제목에서부터 이 세계를 선언하며, 그 내부의 풍경을 펼쳐 보인다.

그 천국에는 고통과 절망이 있다. 그러나 그 절망과 고통은 "제 가던 길을 멈춘다". 만약 그것들이 계속 나아간다면, 그곳은 지옥으로 향하는 길일 수밖에 없다. 반대로 희망과 기쁨만 존재한다면, 그곳은 이미 완성된 천국일 것이다. 그러나 희망과 기쁨이 멈춘다면, 우리는 자칫 절망 쪽으로 기울어지게 되고, 그 자리는 '미완의 지옥'이 되고 만다.

그러므로 '미완의 천국'에는 이 양자가 공존하되, 그 방향이 부정에서 긍정으로 향하는 정방향이어야 한다. 절망이 있다 하더라도 그 어둠에 맞선 "열망의 빛이 흘러나오고", 고통이 있다 하더라도 "유령들까지 한 잔 들이켜는" 기쁨이 그 속에 있다면, 그것이 바로 천국의 방향성이다.

그런데 시의 한 구절, "독수리가 제 비행을 멈춘다"는 표현은 이 정향성에 반하는 듯 보인다. 어떻게 이해해야 할까?

예로부터 독수리는 하늘을 지배하는 새, 왕권과 힘의 상징이었다. 문학 속에서도 그것은 흔히 대지를 벗어나 고결하게 나는 영혼, 자연과 우주를 꿰뚫는 의식의 상징으로 그려진다. 성경에서는 하나님의 도우심을 기다리는 자를 "독수리 날개치듯 새 힘을 얻는 자"에 비유하기도 한다. 이런 상징성에 비추어 보면, 독수리의 비행은 곧 진리와 힘, 빛을 향한 전진일 것이다. 그런데 그런 존재가 스스로 멈춘다는 건 무엇을 의미할까?

그것은 단지 상승과 비상의 포기만은 아닐 것이다. 오히려 그것은 반대편을 돌아보기 위함이 아닐까. 하늘 높이 나는 독수리와는 대조적으로, 땅 위의 삶을 벗어나지 못하는 "빙하시대 스튜디오의 붉은 짐승들", 찬란한 "대낮의 빛"에 가려져 울고 있는 "우리의 그림자들"이 있다. 시인의 시선은 그 그림자들에까지 닿아 있으며, 그 눈길은 독수리처럼 예리하면서도 따스하다.

강한 자의 멈춤은 약한 자를 위한 기다림이 될 수 있고, 높은 자의 멈춤은 아래를 향한 공존의 시작이 될 수 있다. "만물이 사방을 둘러보기 시작하는" 그 순간, 우리는 비로소 함께 가는 길을 모색

할 수 있다. 독선과 독주를 멈추고 함께 걷는 세계—그것이야말로 진정한 '미완의 천국'이 아닐까.

절망과 고통은 여전히 인간 삶의 조건이다. 피할 수 없다. 그러나 인류는 그 조건을 딛고 발전해 왔다. 개인과 공동체, 문명 전체가 필멸의 운명 앞에서 생명의 비전을 향해 나아가며 자기를 단련하고 세계를 변화시켜 온 것이다. 여기서 중요한 것은 "열망의 빛"이다. 그것이 흘러나올 때 "유령들까지 한 잔 들이켜고", 무의식의 지층에 갇혀 있던 "붉은 짐승들"과 "우리의 그림자들"도 "환한 대낮의 빛을 바라본다." 그림자마저 동참하는 환한 빛 속에서, 마치 어린아이가 거울을 보고 자기가 누구인 줄 알 듯이, 천국은 모습을 드러내기 시작할 것이다.

우리가 '미완의 천국'에서 완성된 천국으로 나아가기 위해서는, 각 개인이든 집단이든, 인류 전체가 그 비전을 선택하고 그 방향으로 함께 나아가야 한다. 그래서 시인은 말한다. "우리는 수백씩 무리지어 햇빛 속으로 나간다." 그때 세계는 '미완의 천국'이며, "우리들 각자는 만인을 위한 방으로 통하는 반쯤 열린 문"이다. 그 방은 우리가 그 문을 활짝 여느냐, 꽁꽁 닫느냐에 따라 천국이 되기도 하고 지옥이 되기도 한다. 결국 천국을 만드는 것도 우리이며, 지옥을 만드는 것도 우리다.

'미완의 천국'에는 "발밑엔 무한의 벌판"이라는 가능성이 펼쳐져 있고, "나무들 사이로 물이 번쩍인다." 즉, 나무라는 개체를 성장시킬 생명수가 번쩍인다. 그리고 "호수는 땅속으로 통하는 창(窓)"

이라 바라볼 수 있는 투명한 시의 눈길이 머문다. 천국은 저 위가 아니라, 지금 여기—우리의 발밑에서 시작된다.

생각해 보자. 우리의 발밑엔 천국이 될지 지옥이 될지 모르는 "무한의 벌판"이 펼쳐져 있다. 양자역학이 아니더라도, 이 무한한 가능성은 늘 우리의 선택을 기다리고 있다. 우리가 천국을 향해 갈 수 있을지의 여부는 그 선택에 달려 있다. 바른 선택을 하기 위해서는 우선 '멈춤'이 필요하다. 그리고 물어야 한다. 내가 지금 가는 방향이 옳은가? 나는 정방향으로 가고 있는가, 역방향으로 가고 있는가? 오늘 나는 "만인을 위한 방으로 통하는 반쯤 열린 문"을 열 것인가, 닫을 것인가?

그 문턱에 선 지금 이 순간, 천국은 여전히 '이미'와 '아직' 사이에 있다.

토마스 트란스트뢰메르(Tomas Tranströmer)는 1931년 스웨덴 스톡홀름에서 태어나 2015년 영면했다. 스톡홀름대학교 심리학과를 졸업하고 심리상담사로 활동했다. 정제된 언어와 초현실적 이미지로 세계 문단의 주목을 받았으며, 2011년 노벨문학상을 수상했다. **시집**으로는 『17편의 시』, 『여정의 비밀』, 『미완의 천국』, 『반항과 흔적』, 『어둠의 비전』, 『작은 길』, 『발틱스』, 『진실의 장벽』, 『와일드 마켓플레이스』, 『산 자와 죽은 자를 위하여』, 『기억이 나를 본다』, 『슬픈 곤돌라』, 『거대한 수수께끼』가 있다.

나무들 조이스 킬머

나는 나무처럼 사랑스러운 시를
결코 볼 수 없으리라고 생각한다.

단물이 흐르는 대지의 젖가슴에
허기진 입술을 대고 있는 나무

온종일 하느님을 우러르며
잎 무성한 팔을 들어 기도하는 나무

여름에는 머리카락 속에
울새의 둥지를 틀고 있는 나무

가슴에는 눈이 쌓이고
비와 다정히 살아가는 나무

시는 나 같은 바보들이 만들지만
나무를 만들 수 있는 분은 오직 하느님뿐.

■출처: 원문-인터넷 https://www.poetryfoudation.org/poetrym.../poems/12744/trees
번역: 임미옥

가장 단순한 마음에 진정한 노래로

매우 소박하고 꾸밈없는 시다. 기교 없이 단순하지만, 있는 그대로의 나무를 그려낸 데서 오히려 더 큰 감동을 받게 된다. 만약 시인의 눈이 아이처럼 순수하지 않았다면, 나무의 모습을 이토록 자연스럽게 그려낼 수 없었을 것이다. "'나무들'은 가장 단순한 마음에 진정한 노래로 말한다"고 했던 시인의 친구, 편집자 로버트 홀리데이(Robert Holliday)의 평가에 고개가 끄덕여지는 이유다.

킬머(Kilmer) 시인의 동시대인뿐 아니라 현대의 몇몇 비평가들역시, 그의 작업이 지나치게 단순하고 감상적이라고 평하며, 전통적인 스타일을 '구식'이라 치부했다. 그러나 시를 많이 쓰고 세련된 기교를 뽐내는 것보다 더 중요한 건, 한 편의 시를 어떤 눈길로바라보고, 어떤 손길로 써 내려가느냐일 것이다. '고전적 단순함',
'절제력', '성실함'은 아무나 흉내 낼 수 없는 미덕이자, 진정한 시정신의 표상이다.

2연과 3연에서는 땅에 뿌리를 내리고 하늘을 향해 뻗어가는 나무의 모습이, 마치 어머니 "대지의 젖가슴에/허기진 입술을 대고있는" 아기처럼 그려진다. 동시에 "온종일 하느님을 우러르며/잎무성한 팔을 들어 기도하는" 성자의 모습과 겹쳐진다. 4연과 5연에서는 수관에 새가 깃들고, 눈에 덮이고 비에 젖는 나무의 풍경이
"머리카락 속에 울새의 둥지를 틀고", "가슴에는 눈이 쌓이고/비와다정히 살아가는" 존재로 표현된다.

1연과 6연에서는 '시'와 '나무'가 나란히 놓이며, 시인과 신의 관계를 암시한다. '시'와 '나무'는 모두 창조물이라는 점에서 닮았지만, "나(시인)는 나무처럼 사랑스러운 시를/결코 볼 수 없으리라고 생각한다."는 고백은, 인간의 창작으로는 신이 만든 나무의 순수성과 아름다움을 넘을 수 없음을 깨닫는 순간이다. 시인은 그 인식 앞에서 자신을 '바보'라 낮추며, 신 앞에 선 인간으로서의 겸허함을 드러낸다.

사람은 건강할 때, 평온할 때 자연과 신의 고마움을 잊는다. 모든 것을 할 수 있을 것처럼 교만하게 굴고, 자연을 함부로 훼손하며 신의 뜻에서 멀어진다. 그러다 병고나 재난 앞에서야 비로소 눈을 뜨고, 자신을 돌아본다. 그제야 비로소 자연에 시선을 돌리고, 신께 귀의하게 되는 것이다.

킬머 시인도 마찬가지였다. 딸 로즈(Rose, 1912-1917)가 출생 직후 소아마비에 걸리자, 그는 깊은 슬픔 속에서 가톨릭 신앙을 받아들였다. Daly 신부와 주고받은 서신에서 그는 이렇게 고백한다.

"오랫동안 가톨릭의 입장, 곧 윤리와 미학에 대한 관점을 믿어왔습니다. 하지만 나는 지적인 것도, 정신적인 것도 아닌 어떤 확신을 원했어요. 사실, 나는 믿음을 원했습니다. 몇 달 동안, 매일 아침 사무실로 가는 길에 멈춰 서서 믿음을 위해 기도했어요. 믿음은, 내 생각엔 마비된 작은 딸을 통해 온 것 같습니다. 그 아이의 생명 없는 손이 나를 이끌었고, 그 애의 작은 발은 아름다운 길을 알고 있는 것 같아요."

킬머는 32세의 젊은 나이에 제1차 세계대전에서 전사했지만, 이 시 속에는 여전히 나무를 바라보는 시인의 사랑스러운 눈길이 살아 있다. 맑은 눈으로 바라보고 깨끗한 손길로 쓴 시는 영원하다. 그런 시는 영원을 지향하는 나무처럼, 시대를 넘어 세상에 선한 영향을 남길 것이다.

알프레드 조이스 킬머(Alfred Joyce Kilmer)는 1886년 미국 뉴저지에서 태어나 1918년 영면했다. 콜롬비아대학교를 졸업한 뒤 교사, 시인, 문학 평론가, 저널리스트(특별 작가), 인기 강사 및 편집자로 활발히 활동했으나 제1차 세계대전에 참전하여 전사했다. **시집**으로는 『Summer of Love』, 『Trees and Other Poems』이 있다.

수선화(水仙花) 김정희

한 점 겨울 마음 송이송이 둥글어라

그윽하고 담담한 기품에 냉철하고 영특함이 둘러있네

매화가 높다지만 뜨락의 경계를 벗어나지 못하는데

맑은 물에서 참으로 해탈한 신선을 보는구나

푸른 바다 파란 하늘 한 송이 환한 얼굴

신선의 인연 그득하여 끝내 아낌이 없네

호미 끝으로 예사로이 베어 던져진 너를

밝은 창 맑은 책상 사이에 두고 공양하노라

■출처:『추사선생 시집 2』, 서예문인화(2013). 임미옥 번역.

시 창작의 자가 치유의 힘

시인들은 때때로 사물을 통해 자신의 내면을 비춰보곤 한다. 사물에 은유적 변형을 가해 그 속에 자신을 투영하고, 그렇게 형상화된 시를 통해 상처를 어루만지거나 새로운 확신을 얻는다. 이른바 창작의 자가 치유적 힘이다. 동서고금 많은 시인들이 그 사실을 일찍이 알고 있었고, 스스로 그러한 시도를 멈추지 않았다.

이 시에서 추사는 '수선화'를 통해 바로 그 힘을 보여준다. "그윽하고 담담한 기품에 냉철하고 영특함이 둘러있"는 수선화는, 그가 생각하는 "해탈한 신선"과 같은 이상적 인간의 모습이다. 그런데 그 귀한 꽃이 유배지 제주 대정에서는 지천에 널려 있어, 농부들이 "호미 끝으로 예사로이 베어 던져 버리는" 현실을 마주하게 된다.

그 장면 앞에서 추사는 문득 자신을 떠올렸을 법하다. 당대의 탁월한 문인 예술가로서 자부심이 컸던 그는, 자신의 진가를 알아보지 못한 채 귀양을 보낸 조정의 인물들과, 수선화를 아무렇지 않게 베어내는 농부들을 겹쳐 보았을 것이다. 그리고 그렇게 베어진 수선화에 자신의 처지를 겹쳐 보았을지도 모른다. 그래서 그는 그 꽃을 "밝은 창 맑은 책상 사이에 두고 공양하기"로 한다. 어쩌면 그 행위와 시 쓰기 자체가, 긴 유배 생활 속에서 자신을 지탱하고 추사체를 완성해 낸 원동력이었는지도 모른다.

추사 김정희는 스물네 살 때 아버지 김노경을 따라 연경에 갔다가 처음 수선화를 본 뒤, 그 특별한 기품에 반해 평생 그 꽃을 아꼈다고 전해진다. 그러나 당시는 우리나라에서 수선화를 구하기 어려웠기 때문에, 연경을 다녀오는 사신을 통해 간혹 얻을 수 있을 뿐이었다. 한 번은 연경에서 돌아온 사신이 아버지에게 선물한 수선화를 간청해 받아, 고려청자 화분에 옮겨 심어 정약용에게 선물한 일화도 유명하다. 다산은 이 귀한 선물을 받고, '수선화'라는 시를 지어 그 품격을 예찬했다.

"신선의 풍채나 도사의 골격 같은 수선화가/30년을 지나서 나의 집에 이르렀다/복암 이기양이 옛날 사신길에 가지고 왔었는데/추사가 이제 대동강가 아문으로 옮기었다오/외딴 마을 동떨어진 골짝에서는 보기 드문 것이라서/일찍이 없었던 것 얻었기에 다투어 어린 손자는 처음으로 억센 부추잎에 비유하더니/어린 여종은 도리어 일찍 싹튼 마늘싹이라며 놀란다/흰 꽃과 푸른 잎새 서로 마주 서 있으니/옥 같은 골격 향그런 살결에서 향내가 절로 풍기는데/맑은 물 한 사발과 바둑알 두어 개라/티끌조차 섞이지 않았으니 무엇을 마시는지…"

다산과 추사, 두 사람 모두 수선화를 신선에 비유하며, 그 고귀한 품격을 알아보는 자와 그렇지 못한 자의 차이를 은근히 드러내고 있다. 시골 농부의 호미 끝, 아이와 여종의 눈에는 그저 부추잎이나 마늘싹처럼 보이는 수선화. 선풍도골의 빼어남을 알아보는 안목과, 그것을 알아보지 못한 채 스쳐 지나가는 현실. 예술과 일상의 거리, 이상과 현실의 간극이 거기서 드러난다.

그렇게 알바트로스처럼 가느다란 줄기에 커다란 꽃을 피우는 수선화가, 오늘따라 더 귀하게 느껴진다.

김정희(金正喜, 호: 완당(阮堂)·추사(秋史)·노과(老果) 등)는 1786년 충청남도 예산군에서 태어나 1856년 영면했다. 조선 후기의 대표적인 서예가이자 금석학자, 고증학자, 화가, 실학자로 활동했으며, 한국 금석학의 개조로 평가받는다. 1840년부터 1848년까지 제주도에, 1851년부터 1852년까지 함경도 북청에 유배되며 유배지에서도 학문과 예술 활동을 지속했다. 한국과 중국의 옛 비문을 연구하며 독창적인 추사체를 창안하였다. **기념 시집**으로는 『추사 선생 시집 1』, 『추사 선생 시집 2』, 『추사 선생 시집 3』이 있다.

꽃 김춘수

■출처:『김춘수 시전집』, 현대문학(2004).

내가 그의 이름을 불러주기 전에는
그는 다만
하나의 몸짓에 지나지 않았다.

내가 그의 이름을 불러주었을 때
그는 나에게로 와서
꽃이 되었다.

내가 그의 이름을 불러준 것처럼
나의 이 빛깔과 향기(香氣)에 알맞은
누가 나의 이름을 불러다오.
그에게로 가서 나도
그의 꽃이 되고 싶다.

우리들은 모두
무엇이 되고 싶다.
너는 나에게 나는 너에게
잊혀지지 않는 하나의 눈짓이 되고 싶다.

이름을 불러줄 때 비로소 피어나는 존재

이 작품은 '꽃'을 제재로 삼아, 존재의 본질을 인식하고자 하는 인간의 근원적 갈망과, 진정한 인간관계 형성에 대한 소망을 노래하고 있다. "여호와 하나님이 흙으로 각종 들짐승과 공중의 각종 새를 지으시고 아담이 무엇이라고 부르나 보시려고 그것들을 그에게로 이끌어 가시니 아담이 각 생물을 부르는 것이 곧 그 이름이 되었더라"(창세기 2:19).

시인은 최초의 사람 아담처럼, 처음으로 사물에 이름을 붙여 불러주는 존재다. 이름을 붙인다는 것은, 대상이 지닌 이미지와 내포된 의미를 언어화하여 인식의 영역으로 끌어들이는 일이며, 그것을 불러준다는 것은 관계의 시작을 밖으로 드러낸다는 뜻이다. 무엇이든 우리의 인식 안에 들어와야 관계 맺기가 가능하고, 그것을 언어로 표현할 때 비로소 구체적인 상호작용이 시작된다.

이름 붙이기를 통해 인식의 틀 안으로 들어온 것들은, 막연했던 거리감이 줄어들면서 다루기가 한결 수월해진다. 심리치료에서도 '이름붙이기(naming)'라는 기법이 있다. 나를 힘들게 하는 감정들에 이름을 붙이고 나면, 모호성이 줄어들고 치료의 실마리가 풀리기 시작한다. 감정에 이름을 붙인다는 것은, 혼란 속에 방치되어 있던 내면의 아이를 알아봐 주는 일과 같고, 그것만으로도 구원의 희망을 갖게 되는 경우가 있다.

그런 다음, 그 이름을 불러주고, 왜 지금 여기에 있는지를 물어보고, 어떻게 하면 좀 더 편안해질 수 있는지를 묻는 과정을 거친다. 그렇게 대화를 이어가다 보면, 압도되던 감정으로부터 놓여나고, 그 에너지를 보다 긍정적으로 사용할 수 있는 지점에 이르게 된다. 이처럼 이름을 붙이고 불러준다는 것은, 적극적인 상호 관계의 출발점이다.

꽃을 피우기까지 식물은 오직 그 일에만 에너지를 집중한다. 그리하여 응축된 힘은 한순간에 폭발하듯 피어난다. 하지만 아무리 아름다워도, 그것은 번식을 위한 자연의 몸짓일 뿐이다. "내가 그의 이름을 불러주었을 때" 그것은 비로소 '꽃'이 되었다고 시인은 말한다. 이름을 불러주는 행위를 통해 '꽃'과 '나' 사이의 관계가 형성되고, 그 '몸짓'은 나에게 특별한 의미를 지니게 된다.

나아가 시인은, 자신 역시 누군가 "그 빛깔과 향기에 알맞은" 이름을 불러주기를 바란다. 빛깔과 향기는 한 꽃을 다른 꽃과 구별짓는 고유한 특성이다. 누군가 '나'의 유일무이한 존재성을 알아보고, 거기에 걸맞은 이름을 불러준다면, 둘 사이에는 참된 관계가 맺어질 수 있을 것이다. 이 시에는, 진실한 관계 형성을 통해 자기 존재의 의미를 찾고자 하는 시인의 깊은 갈망이 담겨 있다.

나치 강제수용소에서 삶의 의미를 잃지 않았기에 살아남을 수 있었다고 고백한 빅터 프랭클 박사는, 자신의 체험을 바탕으로 『죽음의 수용소에서』를 집필하고, 삶의 목적과 의미를 잃은 현대인들을 위해 '의미치료(로고테라피)'를 창안했다. 의미치료란, 삶을 의미로 채움으로써 실존적 공허를 극복하고, 나쁜 정신적 바이러스의 증식을 막는 심리치료법이다. 이때의 의미는 사람마다, 상황마다 다르지만, 언제나 보다 크고 절대적인 인도 아래에서 찾아져야 한다.

이 시의 마지막 연에서 시인이 말한 "우리들은 모두/무엇이 되고 싶다"는 선언을 떠올려보자. 그 '무엇'이란 결국, 존재의 본질을 향한 갈망이며, 타인과의 참된 관계 속에서 비로소 형성되는 의미일 것이다. "인간이 의미를 찾고자 하는 마음은 그 사람의 삶에서 근본적으로 우러나오는 것"이라는 프랭클의 말처럼, 우리 모두에게는 의미를 향해 나아가고자 하는 의지가 있다. 이 시에서는 그것이 '꽃', 혹은 "잊혀지지 않는 하나의 눈짓"으로 상징되며, 진정한 관계 안에서 존재의 의미를 획득하고자 하는 시인의 소망으로 나타난다.

삶의 의미와 목적이 분명한 사람은, 아무리 어려운 상황에 처해도 그것을 이겨나갈 용기와 희망을 잃지 않을 것이다.

김춘수(金春洙, 아호: 대여(大餘))는 1922년 경상남도 통영에서 태어나 2004년 영면했다. 1948년 동인지 『죽순(竹筍)』에 「온실」 외 1편을 발표하며 등단했다. 통영문화협회 결성에 참여했고, 경남대학교·경북대학교 교수, 제11대 국회 비례대표 의원, 한국시인협회 회장, 대한민국예술원 회원 등을 역임했다. 한국시인협회상, 자유아세아문학상, 대산문학상, 소월시문학상 특별상을 수상했으며, **시집**으로는 『구름과 장미』, 『꽃의 소묘』, 『부다페스트에서의 소녀의 죽음』, 『처용단장』 등이 있다.

꽃자리* ^{구 상}

반갑고 고맙고 기쁘다.

앉은 자리가 꽃자리니라!

네가 시방 가시방석처럼 여기는
너의 앉은 그 자리가
바로 꽃자리니라.

반갑고 고맙고 기쁘다.

*시인 공초(空超) 오상순(吳相淳) 선생의, 사람을 만났을 때의 축언을 조금 풀이
하여 시로서 써 보았음.

■출처: 시화집 『유치찬란』, 삼성출판사(1989).

가슴에 일렁이는 기쁨의 내력

"우리가 시화(詩畵)로 그리려 든 동심은 지각(知覺) 이전의 어린 애 마음이 아니라 자기 극복을 이룬 인간의 순수한 마음의 상태로 서, 물론 우리가 그런 경지에 이르렀다는 게 아니라 그것을 헤아려 보고 힘쓰려는 것이었다고나 하겠다."

구상 시인이 중광(重光) 스님과 함께 시화집을 펴내며 책머리에 붙인 말씀이다. 「꽃자리」라는 이 간결한 시는 물론, 시집의 장을 넘길 때마다 입가에 웃음꽃이 피어나는 것도 시인이 지녔던 이런 마음의 힘 덕분일 것이다. 시의 처음과 마지막에 반복되는 "반갑 고 고맙고 기쁘다."는 고백은, 그가 품었던 사랑과 감사, 기쁨의 정 서를 압축적으로 드러낸다. 그러한 감정이 가능했던 바탕에는, 오 랜 시간 갈고닦은 삶의 태도와 시적 자세가 깃들어 있다. 이는 시 집 머리말에 담긴 다음과 같은 구절들에서도 확인할 수 있다.

"어쩌거나 온 세상이 전략적 가치, 즉 소유(所有)와 이해(利害)에 쏠려서 북새를 떠는 그 속에서 우리는 저런 순진(純眞)을 지니려 고 애쓰고 또 살아온 것만은 사실이다. … 그러나 우리는 둘 다 시 세장(時世粧)적 시인이나 화가가 되려는 생각은 애초부터 안 갖고 있으니 아무렇지도 않았다고나 할까! 그야말로 유치찬란한 인생 이랄까?"

시인이 칠순을 바라보며 썼던 이 짧은 시가 지금도 빛을 발하는 건, 오직 '초토'에서 '꽃자리'에 이르기까지, 동심에 도달하고자 힘써온 삶의 결과다. 겉보기엔 쉬워 보여도 도달하기 어려운 경지다. 예나 지금이나 거짓으로 가득한 '어른 세상'에서 살아가는 우리들에겐, 이 아름다운 오월의 '꽃자리'조차 때때로 '가시방석'처럼 느껴진다. 시인이 살아생전 그토록 경계했던 "불순하고 허황하고, 거짓 정열과 허식에 빠져 불안과 가책에 떨게 되는" '기어(綺語)'에 우리가 여전히 사로잡혀 있기 때문이다.

"겉도 안도 너딜너딜/이 걸레로 이 세상 오예(汚穢)를/ 모조리 훔치겠다니 기가 차다//…/어렵쇼, 저 유치찬란!"

시집 속 '걸레스님' 중광(重光)의 천진한 그림과 함께, 말도 많고 탈도 많은 세상을 잠시 내려놓고 쉬어가 보자.

구상(具常, 본명: 상준(常浚), 아호: 운성(雲城), 세례명: 세례자 요한)은 1919년 서울 종로에서 태어나 2004년 영면했다. 원산 성베네딕도수도원 소신학교와 일본 니혼대학 종교과를 졸업했으며, 1946년 『응향』에 「여명도」 등을 발표한 뒤 『백민』지를 통해 본격적으로 등단했다. 영남일보 주필, 서강대학교·서울대학교·중앙대학교 교수, 대한민국예술원 회원, 한국문인협회 고문 등을 역임했으며, 서울시문화상, 대한민국예술원상, 국민훈장 동백장, 금관문화훈장을 받았다. **시집**으로는 『초토의 시』, 『나는 너에게, 너는 나에게』, 『모과 옹두리에도 사연이』, 『오늘 속의 영원, 영원 속의 오늘』, 『구상무상』등이 있다.

신(神)의 쓰레기 박남수

천상의 갈매에서
부어내리시는
부신 볕은
다시 하늘로 회수하지 않는
신의 쓰레기.

아침이면
비둘기가 하늘에
구
구
구
굴리면서
기억의 모이를
쫓고 있다.
다스한 신의 몸김을
몸에 녹히면서.

신의 몸김을
몸에 녹히면서

하루만큼씩 밀려서 버려지는

무엇인가 소중한 것을

시인들도 종이 위에 버리면서

오늘도 다시

하늘로 귀소하는 비둘기.

■출처: 시선집 『박남수 시선』, 지식을만드는지식(2012)

시인은 시를 씀으로써 귀천하는 존재

"시는 신의 말이다"(투르게네프), "시는 희망 없는 종교요 모랄이며, 작품은 영혼의 수련장이다"(장 콕토), "시는 감옥에서는 폭동이 되고, 병원 창가에서는 쾌유에의 불타는 희망이 된다"(보들레르), "시란 천지의 마음이요, 군덕의 사원이며 만물의 문호다"(연감류함).

또한 "시인은 세계의 눈"(아이헨도르프)이고, "알려지지 않은 세계의 입법자"(셸리)이며, "주위 세계의 양심 상태를 알려주는 지침이자 지진계"(헤세)다. 키에르케고르는 "시인이란 남모르는 고뇌에 괴로움을 당하면서, 그 탄식과 비명이 아름다운 음악으로 바뀌게끔 된 입술을 가진 불행한 인간"이라 했다.

동서고금의 수많은 정의를 살펴보아도, 시와 시인을 '쓰레기'와 '비둘기'로 비유한 사례는 없었다. 박남수 시인이 이 시에서 그렇게 말하기 전까지는.

이 작품에서 화자는 '볕'과 '시'를 동일시하고, '비둘기'를 매개로 시인을 하늘의 '신'과 잇는다. "부신 볕"이 "신의 쓰레기"이듯, 시인들이 "종이 위에 버리"는 것—곧 '시'—도 신 앞에 내어놓는 버림의 행위다. '비둘기'가 "신의 쓰레기"인 볕을 "하늘에 굴리면서/기억의 모이를/쫓고 있"듯이, 시인 또한 하루하루의 삶에서 "하루만큼씩 밀려서 버려지는/무엇인가 소중한 것"을 "종이 위에 버리면서" "하늘로 귀소하는 비둘기"가 된다.

여기서 '버린다'는 건 헌신과 비움의 동사다. 햇볕이 "신의 쓰레기"라면 그 '쓰레기'조차 하늘의 일부다. 마찬가지로 시인은 자신에게 가장 소중한 것을 종이 위에 내려놓고 회수하지 않는다. 오직 시를 통해 자기를 연소하고 정화된 영혼으로 귀소(歸巢)하기를 바랄 뿐이다. 이 시는 '하늘-볕-비둘기-시-시인'의 사슬을 정교하게 엮어 깊은 상징 구조를 빚어낸다.

일제강점기와 광복, 전쟁과 산업화, 월남과 이민이라는 시대적 격랑 속에서, 시인은 존재론적 성찰을 거듭해 왔다. 그 치열한 삶의 여정 끝에서 그는 '시인이란, 시를 씀으로써 자신을 정화하는 존재'이며, '시란, 그 속에서 발견한 보물'임을 말하고 있는 것이다.

과연 "시는 역설과 아이러니의 구성체"(브룩스)이며, "가장 귀중한 국가의 보석"(베토벤)이라는 말이 허언이 아님을 이 시가 증명해 보이고 있다.

박남수(朴南秀)는 1918년 평안남도 평양에서 태어나 1951년 1·4후퇴 때 월남하였고, 1975년 미국으로 이민해 1994년 영면했다. 평양 숭실상업학교와 일본 주오대학교 법학부를 졸업했다. 1939년《문장》지에 「심야」·「마을」 등을 발표하며 등단했고, 이후 『적치 6년의 북한 문단』을 간행하고 《문학예술》을 주재했다. 유치환, 조지훈, 박목월 등과 함께 '한국시인협회'를 창립했으며, 조선식산은행 평양지점장, 한양대학교 국문과 강사, 미국에서는 과일 장수로도 생계를 이어갔다. 아시아자유문학상, 공초문학상을 수상했으며, **시집**으로는 『초롱불』, 『갈매기 소묘(素描)』, 『신(神)의 쓰레기』, 『새의 암장(暗葬)』, 『사슴의 관(冠)』, 『서쪽, 그 실은 동쪽』, 『그리고 그 이후』, 『소로(小路)』가 있다.

시(詩)를 읊는 의자 ^{황송문}

톱으로
오동나무를 베어내었는데,
그 밑동에서 싹이 나고 자랐다.

시인이 그 등걸에 앉았을 때
하늘엔 구름꽃이 피고
땅엔 나뭇잎이 피어났다.

자연은 神의 말씀,
시인이 말하기 전에
의자가 한 말은 상징과 은유였다.

하늘에는 구름이 꽃피고
땅에는 나뭇잎이 피어나고
나무의 뿌리와 줄기와 가지
종자(種子)가 구조를 형상화하고 있었다.

부산히 오르내리는 도관과 체관,
뿌리와 줄기의 수력발전소에서

가지와 이파리의 화력발전소에서

탄소동화작용으로 시를 읊고 있었다.

■출처: 시선집『시를 읊는 의자』, 명문당(2017).

시인은 오동나무 등걸과 닮은꼴

일찍이 에머슨은 "우리가 서재의 책을 읽듯이 숲의 책들을 읽을 줄 알게 되면 새로운 학위가 수여될 것이다."라고 했고, 시인을 "자연의 부분 부분을 결합하여 전체로서 볼 수 있는 눈을 가진 자"라 했다.

이 시에서는 바로 그 시인이 "오동나무 등걸"에 앉아 자연을 바라보며, 자연은 "시인이 말하기 전에 상징과 은유로 말하고" "종자가 구조를 형상화하고 있"음을 읽어내고 있다. 종자, 즉 씨앗 속에는 이미 전체 구조가 들어 있다. 살아 있는 한 그 구조는 결국 형상화된다. 아직 눈에 보이지 않아도 시인은 상상력을 통해, 나무가 그 가능성을 실현하며 무성해질 미래를 예감한다.

한낱 오동나무 등걸조차도 이렇게 부지런히 '탄소동화작용(광합성)'을 이어가고 있는데, 하물며 시인에게서랴. 둥치가 잘려 나가는 고난에도 새싹을 틔워 가지를 뻗는 오동나무처럼, 삶의 갖가지 환란 속에서도 시 쓰기를 멈추지 않는 시인은 닮아 있다. 그래서 오동나무 등걸과 그 위에 앉은 시인은 함께 "시를 읊는 의자"가 된다.

황송문(黃松文, 아호: 한송(寒松))은 1941년 선라북노 임실군 오수에서 태어났다. 영생대학 국문학과를 졸업하고, 홍익대학교 대학원에서 국문학 석사 학위를, 전주대학교 대학원에서 문학박사 학위를 받았다. 1971년 《문학》 지에 「피뢰침(避雷針)」을 발표하며 등단했다. 선문대학교 인문대학장, 전주대학교·숙명여자대학교·서울디지털대학교 교수로 재직했으며, 한국문인협회·국제P.E.N.한국본부 이사, 한국현대시인협회 부이사장을 역임했다. 현재 계간 종합문예지 《문학사계》 편집인 겸 주간으로 활동 중이다. 한국현대시인상, 홍익문학상, 제1회 전주문학상 등을 수상했으며, **시집**으로는 『조선소』, 『목화의 계절』, 『내 가슴속에는』, 『메시아의 손』, 『그리움이 살아서』, 『노을같이 바람같이』, 『꽃잎』, 『능선』, 『씨나락 까먹는 소리』, 『연변 백양나무』, 『조선소의 바다』, 『하지감자 날선 빛깔』, 『원추리 바람』, 『거미의 집짓기』, 『황송문 시전집』이 있다.

내 안의 시인 ^{도종환}

모든 사람의 가슴속에는 시인이 살고 있었다는데

그 시인 언제 나를 떠난 것일까

제비꽃만 보아도 걸음을 멈추고 쪼그려 앉아

어쩔 줄 몰라 하며 손끝 살짝살짝 대보던

눈빛 여린 시인을 떠나보내고 나는 지금

습관처럼 어디를 바삐 가고 있는 걸까

맨발을 가만가만 적시는 여울물 소리

풀잎 위로 뛰어내리는 빗방울 소리에 끌려

토란잎을 머리에 쓰고 달려가던

맑은 귀를 가진 시인 잃어버리고

오늘 하루 나는 어떤 소리에 묻혀 사는가

바알갛게 물든 감잎 하나 못 버리고

책갈피에 소중하게 끼워두던 고운 사람

외롭지 않은 이가 내미는 손은 잡지 않고

산과 들 서리에 덮여도 향기를 잃지 않는

산국처럼 살던 곧은 시인 몰라라 하고

나는 오늘 어떤 이들과 한길을 가고 있는가

내 안에 시인이 사라진다는 건 마지막까지

남아 있던 최후의 인간이 사라지는 거라는데

지팡이로 세상을 짚어가는 눈먼 이의

언 손 위에 가만히 제 장갑을 벗어놓고 와도

손이 따뜻하던 착한 시인 외면하고

나는 어떤 이를 내 가슴속에 데려다 놓은 것일까

■출처: 시집 『해인으로 가는 길』, 문학동네(2006).

모든 사람의 가슴속에는 시인이 살고 있다

"무의식의 세계를 발견한 사람은 내가 아니라 시인"이라고 말한 프로이트는, "우리의 마음과 정신이 시를 짓는 기관"이라고 말하면서, 우리 각자 속에는 시인이 살고 있어서 "이 세상에서 인류가 멸망하는 날 마지막 시인도 사라질 것"이라고 했다.

도종환 시인은 바로 이러한 깨달음을 품고, "모든 사람의 가슴속에는 시인이 살고 있었다는데/그 시인 언제 나를 떠난 것일까"라며 자신에게 묻는다. 그러나 이 물음은 단순한 질문이 아니다. 시를 읽어갈수록 그건 자책이자 통회(痛悔)임을 알 수 있다.

시인은 왜 통회하는가? 순수의 세계를 떠나보냈기 때문이다. 그가 떠나보냈다고 말하는 '내 안의 시인'은 "제비꽃만 보아도 걸음을 멈추고 쪼그려 앉아/어쩔 줄 몰라 하며 손끝 살짝살짝 대보던/눈빛 여린 시인"이다. 또 "토란잎을 머리에 쓰고 달려가던/맑은 귀를 가진 시인"이며, "서리에 덮여도 향기를 잃지 않는/산국처럼 살던 곧은 시인"이기도 하다.

이 시에서 시인은 그 시인을 '잃어버렸다'고 말하지 않는다. '떠나보냈다'고 한다. 무심히 흘려보낸 것이 아니라, 자기 손으로 내보낸 것이라는 자각이다. 그래서 더욱 깊은 물음을 던진다. "나는 오늘 어떤 이들과 한길을 가고 있는가." 그러면서 이렇게 탄식하듯 내뱉는다.

"내 안에 시인이 사라진다는 건 마지막까지/남아 있던 최후의 인간이 사라지는 거라는데."

이 구절은 곧 프로이트의 말을 떠올리게 한다. 시인은 그것을 곱씹으며, 자기 존재의 정당성마저 부정하는 듯한 경계심을 드러낸다.

내 안에 있어야 할 존재는 사라지고, 없어야 할 존재만이 살아남아 세상을 더 춥게 만들고 있는 건 아닐까? 시인은 그걸 경계한다. 하지만 아직은, 시인의 마음의 손이 따뜻하게 느껴진다. 지팡이 짚은 눈먼 이의 언 손 위에 가만히 장갑을 벗어놓고 올 수 있는 마음. 그 마음이 남아 있기에, 삶이 아무리 황폐해져도 우리는 다시 시를 짓게 될 것이다.

도종환(都鍾煥, 세례명: 진길 아우구스티노)는 1955년 충청북도 청주에서 태어났다. 충북대학교 국어교육과를 졸업하고 같은 대학원에서 석사 학위를, 충남대학교 대학원에서 문학박사 학위를 받았다. 1984년 동인지 《분단시대》에 「고두미 마을에서」가 당선되며 등단했다. 덕산중학교 교사를 거쳐 한국민족예술인총연합 부회장, 한국작가회의 사무총장으로 활동했으며, 제19·20대 국회의원, 더불어민주당 대변인, 충북도당 위원장, 문화체육관광부 장관을 역임했다. 신동엽창작기금, 한국문화예술위원회 문학부문 올해의 예술상, 정지용문학상, 윤동주문학대상, 백석문학상, 공초문학상, 신석정문학상, 법률소비자연맹 국회의원 헌정대상을 수상했다. **시집**으로는 『고두미 마을에서』, 『접시꽃 당신』, 『내가 사랑하는 당신은』, 『몸은 비록 떠나지만』, 『지금 비록 너희 곁을 떠나지만』, 『당신은 누구십니까』, 『사람의 마을에 꽃이 진다』, 『부드러운 직선』, 『슬픔의 뿌리』, 『해인으로 가는 길』, 『세 시에서 다섯 시 사이』가 있다.

시인(詩人) 이정록

몽당연필처럼,

발로 쓰고 머리로 지운다.

면도칼쯤이야 피하지 않는다.

몽당(夢堂)의 생,

자투리에 끼운 볼펜대를 관(冠)이라 여긴다.

하얀 뼈로 세운 사리탑!

끝까지 흑심(黑心) 품고 산다.

한 사람의 손아귀,

그 작은 어둠을 적실 때까지,

검게 탄 맘의 뼈가 말문을 열 때까지.

■출처: 시집 『눈에 넣어도 아프지 않은 것들의 목록』, 창비(2016).

남루하지만 명예로운 시인의 존재가치

시란 무엇이고, 시인이란 어떤 존재인가?

고래로 많은 사람들이 이에 대해 질문하거나 평가하고, 많은 시인들이 스스로 자문해 왔다.

호라티우스는 "시인의 목적은 이익이나 교훈을 주는 일, 기쁨을 주는 일과 인생에 어떤 유익한 교훈을 결합하는 것"이라고 했는가 하면, 릴케는 『젊은 시인에게 보내는 편지』에서 "만일 쓰는 일을 그만둘 경우에는 차라리 죽기라도 하겠는지 스스로에게 물어보고, 그 대답이 그렇다고 하거나 쓰지 않고는 죽을 수밖에 없다는, 명확하고 확고한 대답을 내릴 수 있거든 시인이 되라"고 했다.

이러한 말들은 모두 시인의 엄중한 책무나 운명 같은 것을 알려준다. 시인으로서의 삶이란 결코 만만치 않다는 것이다.

이 시에서 시인은 자신을 '몽당연필'에 비유한다. 그 치열하면서도 남루한 삶, 남루하지만 궁극적으로는 '사리탑'처럼 명예로운 존재가치를 표명하고 있는 것이다. "발로 쓰고 머리로 지운다"거나 "면도칼쯤이야 피하지 않는다", "자투리에 끼운 볼펜대를 관이라여긴다"는 구절에는, 삶에 밀착된 창작의 고통과 시인으로서의 높은 자부심이 함께 배어 있다.

동시에 시인은 '몽당(夢堂)', 곧 꿈을 꾸는 사람이며, '흑심(黑心)'

을 품고 사는 사람이다. 세상과 자신의 '어둠'을 직시하고, 그 심연으로부터 빛의 '말문'을 열기 위해 '끝까지' 마음을 불태운다. '몽당연필'처럼 짧지만 쓸 건 다 쓴, 작지만 힘 있는 시. 그리고 그런 시를 끝까지 써내는 존재가 바로 시인이다.

시마저 뻔한 산문이 되는 산문의 시대.
여기에 필자가 인상 깊게 읽었던 책에서의 시인 정의를 보태 본다.

"고대 이스라엘 사람들이 예언자로 부른 이들을 고대 그리스 사람들은 시인으로 불렀다. 시인/예언자는 청중 속에 자리 잡은 기존의 현실을 부수고 새로운 가능성을 환기시키는 목소리다."
— 월터 브루그만, 『마침내 시인이 온다』

"바다를 모두 건넌 뒤에,
(이미 건넌 것으로 보이지만)
위대한 선장들과 기관사들이 제 일을 완수한 뒤에,
고귀한 발명가들, 과학자들, 화학자들, 지질학자들, 민족학자들 뒤에,
마침내 시인이라 불릴 만한 사람이 오리라.
하나님의 참 자녀가 와서 제 노래를 부르리라."
— 월터 휘트먼, 『풀잎』 부분

이정록은 1964년 충청남도 홍성군에서 태어났다. 공주사범대학교 한문교육과를
졸업하고 고려대학교 대학원에서 문화예술학을 수료했다. 1993년 《동아일보》
신춘문예에 「혈거시대(穴居時代)」가 당선되어 등단했으며, 《비무장지대》 동인으
로 활동했다. 현재 천안중앙고등학교에서 교사로 재직 중이다. 김수영문학상, 김
달진문학상, 박재삼문학상을 수상했으며, **시집**으로는 『벌레의 집은 아늑하다』,
『풋사과의 주름살』, 『버드나무 껍질에 세들고 싶다』, 『제비꽃 여인숙』, 『의자』,
『정말』, 『가슴이 시리다』, 『시인의 서랍』, 『눈에 넣어도 아프지 않은 것들의 목
록』, 『까짓것』, 『달팽이 학교』, 『시가 안 써지면 나는 시내버스를 탄다』, 『황소바
람』, 『나무 고아원』, 『아직 오지 않은 나에게』, 『아니야!』가 있다.

춘설 1 ^{김연희}

잘못 내린 역

땅 디디지 못한 채
공중에서 허둥대다 떠나가는,

그늘에 내려앉아
꽃들의 기지개 속에 야위어 가는,

젖은 신 벗어 놓고
맨발로 돌아가는,

저 짧은 목숨들…….

■출처:《월간문학》, 2010년 4월호.

안쓰러운 목숨들에 대한 측은지심

이 시는 음풍농월(吟風弄月)의 흥취에 머물지 않고, 삶에 밀착된 주관적 정서를 객관화하여 간결하게 드러낸다. 20세기 모더니즘을 이끈 영국의 시인 T. S. 엘리엇은 낭만적 개성의 과잉을 경계하며, 몰개성에 가까운 시가 이성적 현대인에게 더 수용력 있게 작용한다고 말한 바 있다. 몰개성까지는 아닐지라도, 주관의 객관화는 현대시의 필수 조건이라 할 수 있다.

이를 위해 시인들은 종종 엘리엇이 제시한 '객관적 상관물'을 활용한다. '객관적 상관물'이란 특정한 정서를 유도하기 위해 제시되는 일련의 사물, 정황, 사건을 뜻하는데, 시적 정조를 사물이나 이미지에 위탁함으로써 감정을 유기적으로 전달할 수 있도록 돕는다.

이 시에서 '춘설(春雪)'은 단순한 배경이 아니라, 시인의 내면 정서를 여과하고 통제하여 드러내는 정서적 매개체로 기능한다. 시인은 '춘설'을 통해 봄눈처럼 짧고 허망한 인생살이를 압축적으로 형상화한다. 다시 엘리엇의 말을 빌리면 "시는 사상의 정서적 등가물(等價物)"인데, 이 시는 그런 정의에 부합한다.

우리는 이 시를 통해 어쩐지 애잔한 정서를 불러일으키는 "짧은 목숨들"에 대해 숙고하게 된다. "잘못 내린 역"처럼 허둥대다 떠나간 목숨, "꽃들의 기지개 속에 야위어 가는" 존재, "맨발로 돌아가는” 안쓰러운 생들이 우리 마음에 조용히 스민다. 꽃샘추위에 눈을 맞는 꽃보다도, 그 곁에서 사라져가는 눈송이에 주목한 시인의 역발상이 신선하다. 그 안타까운 목숨들에 대한 측은지심이 군더더기 없이 절제된 언어로 응축되어, 읽는 이에게 긴 여운을 남긴다.

김연희(金蓮姬)는 경상남도 창원에서 태어났다. 2001년 《문학세계》 시 부문 신인상 수상으로 등단하고, 2004년 《경남문학》 수필 부문 신인상을 수상했다. 마산문인협회 사무차장 및 사무국장, 창원시 마산붓꽃문학회장, 마산교구 가톨릭문인회장을 역임했으며, 현재 한국문인협회, 경남문인협회, 경남시인협회, 마산문인협회, 붓꽃문학회, 가톨릭문인회 회원으로 활동 중이다. **시집**으로는 『진료소의 나날』, 『꽃메아리』, 『시간의 숲』, 『남은 날을 하늘에 걸고』가 있다.

그 봄비 ^{박용래}

오는 봄비는 겨우내 묻혔던 김칫독 자리에 모여서 운다

오는 봄비는 헛간에 엮어 단 시래기줄에 모여서 운다

하루를 섬섬히 버들눈처럼 모여서 우는 봄비여

모스러진 돌절구 바닥에도 고여서 넘치는 이 비천함이여

■출처: 시집『강아지풀』, 민음사(1975).

봄비는 치유와 회복의 눈물

엊그제 봄을 재촉하는 비가 내리더니 햇볕이 따뜻해지고 바람 끝도 제법 둥글어졌다. 키 큰 백양나무 빈 가지에 물이 오르고, 키 작은 매화나무 가지에도 수수알 같은 꽃눈들이 알알이 맺혔다. 작년 봄 광양 매화마을에서 데려와 앞뜰에 심은 어린나무가 추운 겨울을 겪고도 여린 가지마다 꽃눈을 틔우는 모습을 보니 그렇게 대견할 수가 없다.

매화 꽃눈을 바라보고 있는데, 문우께서 휴대전화로 시 한 편을 보내주셨다. 졸시 「시래기 세한도」에 대한 답시로 보내주신 박용래의 「그 봄비」였다. 시를 읽으니 곧 봄이 오는 듯했다. 먼 데서 오랫동안 온갖 핍박을 받고 비천을 겪으면서도 견디어낸 봄이 마침내 가까이 다가오는 듯했다. "겨우내 묻혔던 김칫독"이나 "헛간에 엮어 단 시래기줄"처럼 하루하루를 겸손과 성실로 살아낸 이들의 노고가 "섬섬히 버들눈처럼 모여서 우는 봄비"가 되어 내리는 듯했다.

'눈물의 시인' 박용래의 이 시는 삶의 고통과 회한으로 모여 흐르는 우리의 눈물이면서, 동시에 위로와 희망을 안겨주는 하늘의 눈물이다. 혹독한 겨울과 코로나19의 고통 속에서 모스러진 우리의 마음과 생활에 "고여서 넘치는" 은혜와도 같다. 눈물과 부르짖음은 낮은 데서 높은 곳으로 향하고, 위로와 은혜는 높은 데서 낮은 곳으로 내려오기 때문이다.

예수께서는 "행복하여라, 슬퍼하는 사람들! 그들은 위로를 받을 것이다"(마태복음 5:4)라 하셨다. 공자 또한 《역》의 손괘와 익괘를 읽다가 "스스로 덜어내는 자는 부유해지고, 스스로 더하는 자는 모자라지는구나"(『설원』「경신편」)라고 말한 바 있다. 모두 고난 속에서 겸손해진 자에게 주어지는 치유와 회복의 말씀이라 할 수 있을 것이다.

정월대보름에 겨우내 말린 시래기를 삶아 들기름에 볶으며, 고난을 이겨낸 이들에게 내리는 기름 부음을 떠올려 본다. 지금 우리의 "김칫독 자리"는 어디일까. 마음이 가난해진 고난의 자리를 눈물로 적실 때, 어김없이 그 봄비가 내려 언 땅이 풀리고, 풀린 땅에서는 새싹과 봄꽃들이 감사와 찬미로 피어날 것이다.

박용래(朴龍來)는 1925년 충청남도 논산에서 태어나 1980년 영면했다. 강경공립보통학교와 강경공립상업학교를 졸업했으며, 향토 문인들과 함께 '동백시인회'를 조직하고 동인지 《동백》을 간행하며 시를 발표하기 시작했다. 1955년 《현대문학》에 「가을의 노래」로 박두진의 추천을 받고, 이후 「황토길」, 「땅」으로 3회 추천을 받아 등단했다. 조선은행 직원과 호서중학교 교사를 역임했으며, 충청남도문화상, 현대시학작품상, 한국문학작가상을 수상했다. **시집**으로는 『싸락눈』, 『강아지풀』, 『백발(白髮)의 꽃대궁』과 유고 시전집 『먼 바다』가 있다.

무논의 달 유은희

무논의 달을 멀리 흘려보내기 위해

밤중에 나와 물꼬를 트고 기다린 적 있지

물소리는 어둠의 구들을 흐르다

모로 잠든 이들의 귓바퀴를 휘돌아가고

어스름 논바닥은 드러났지

얼핏 물기 속으로 몸피를 줄여가며

논의 늑골을 찾아 스며드는 달을 보았지

몸의 물꼬를 트고 밤새 눈물을 흘려도

명치에 걸려 빠져나가지 않는 사람이 있을 줄

그땐 알지 못했지

■출처:《작은詩앗채송화 겹겹》, 2024년 제31호.

하나의 이미지에 숨은 만 가지 이야기

어떻게 이런 것을 그려냈을까. 20세기 초 모더니즘 운동의 중심이었던 에즈라 파운드는 "방대한 저작을 남기는 것보다 일생에 한 번이라도 훌륭한 이미지를 만드는 것이 낫다"고 말했다. 유은희 시인은 「무논의 달」 한 편만으로도 그 말을 입증한 셈이다.

그런 성취에는 농어촌 생활에 깊이 새겨진 체험이 결정적 역할을 했을 것이다. 외따로운 섬 청산도에서 자라난 시인에게는 오히려 작고 비천한 것, 소외된 것이 큰 힘을 주었을지 모른다. 구원의 역설은 시인의 삶에서 실제로 증명된다.

그러나 체험만으로 시가 되는 것은 아니다. 상상력만으로도 부족하다. 시인은 창조적 상상력으로 체험을 분해하고 결합하여, 자신이 그리고자 하는 이미지를 구체적 형상으로 만들어야 한다. 이 시에서 유 시인이 알맞고도 신선한 이미지를 찾아내기까지는 남모를 각고의 노력이 있었으리라.

"무논의 달을 멀리 흘려보내기"라는 발상은 놀랍다. "물소리는 어둠의 구들을 흐르다/모로 잠든 이들의 귓바퀴를 휘돌아가고", "얼핏 물기 속으로 몸피를 줄여가며/논의 늑골을 찾아 스며드는 달을 보았지" 같은 구절은 오랫동안 마음을 붙들어둔다. "몸의 물꼬를 트고 밤새 눈물을 흘려도/명치에 걸려 빠져나가지 않는 사람"이라는 시구 역시 잊히지 않는다.

무논의 달과 내 마음속 사랑을 병치한 방식, 논에 물이 빠지고 달이 스며드는 장면, 가슴에 숨은 이의 부재를 표현한 시구들이 절묘하게 맞물린다.

이제 우리는 이 시를 읽음으로써 '무논의 달'을 떠올릴 때마다, 마음속에 결코 "빠져나가지 않는" 소중한 존재를 함께 기억하게 된다. 그 존재로 인해 가슴 아플 때면 이 시를 떠올리며 위로받게 될 것이다. 그래서 이렇게 고백하게 될지도 모른다.

"그는 무논의 달이야."
"그녀는 내 마음속 무논의 달이지."

하나의 탁월한 이미지는 만 사람의 마음속 만 가지 숨은 이야기를 불러낸다.

유은희(劉銀姬)는 1964년 전라남도 완도 청산도에서 태어났다. 원광대학교 문예창작과 및 동 대학원을 졸업했으며, 1994년 《문예사조》로 등단했다. 2010년 국제해운문학상 대상 수상 이후 본격적인 작품 활동을 시작했고, 현재 인문 라이브러리와 독서·글쓰기 강사로도 활동 중이다. **시집**으로는 『도시는 지금 세일중』, 『떠난 것들의 등에서 저녁은 온다』, 『사랑이라는 섬』(전자 시집), 『수신되지 않은 말이 있네』(디카 시집)가 있다.

레몬 애가 다카무라 고타로

■출처: 번역 시집 『지에코초』, 시간의물레(2014).

그렇게도 당신은 레몬을 기다리고 있었다

슬프고 희고 밝은 죽음의 자리에서

내 손에서 집은 한 알의 레몬을

당신의 고운 이가 아사삭 깨물었다

황옥빛 향기가 인다

그 몇 방울 하늘의 것인 레몬즙은

반짝 당신의 의식을 정상으로 했다

당신의 푸르고 맑은 눈이 가냘피 웃는다

내 손을 잡은 당신의 힘의 건강함이여

당신의 목구멍에 바람 소린 있지만

이런 생명의 갈림길에서

지에코는 원래의 지에코가 되고

생애의 사랑을 일순에 기울였다

그리고 한때

예전 산마루에서 한 것 같은 심호흡을 하나 하고

당신의 호흡은 그것으로 멈췄다

사진 앞에 꽂은 벚꽃 그늘에

서늘하게 반짝이는 레몬을 오늘도 두자

순애의 결정체로 남은 황옥빛 향기

"나는 이생에서 지에코를 만나 그녀의 순애에 청정(淸淨)되었고, 이전의 폐퇴한 생활에서 헤어날 수 있었던 경력을 가지고 있었으며, 나의 정신은 오직 하나 그녀의 존재 위에 있었다."—고타로의 고백이다.

다카무라 고타로는 일본 근대기의 국민 시인이자 조각가였다. 그의 아내 지에코 역시 화가의 길을 걷고 있었다. 그러나 여성으로서 예술정신과 가정생활 사이에 끼인 채 심신에 변조가 생겼고, 결국 정신분열증에 시달리다 젊은 나이에 눈을 감았다. 봉건적 관습을 따르면서도 그것을 넘어서는 예술을 한다는 것은, 어쩌면 자기 정신을 분열시켜야 가능한 일이었을지도 모른다.

고타로는 미혼 시절 지에코에게 다른 혼담이 있음을 듣고 「임에게」에서 이렇게 썼다. "꽃보다 먼저 열매가 맺는 것 같은/씨앗보다 먼저 싹이 트는 것 같은/여름에서 봄이 바로 오는 것 같은/…/티치아노가 그린 그림이 쓰루마키 거리로 팔려나가는 것"—그가 예술적 상징으로 표현한 이 '이치에 맞지 않는 부자연'은 그녀의 삶 전반에 걸쳐 있었는지도 모른다.

「레몬 애가」는 그런 아내의 죽음의 자리에서, 지순한 사랑과 상큼한 생명력을 기리는 시이다. 고타로의 손에서 레몬을 받아 한 입 깨물던 순간, 지에코는 한때의 미소와 힘을 되찾았다. 그러나 그

심호흡 하나를 끝으로 삶을 마쳤다. 아이러니하게도, 이 시를 통해 '레몬'은 지에코의 생애를 상징하는 순애의 결정체가 되었고, 고타로의 시적 변형을 거쳐 마침내 영원한 아름다움으로 남았다.

"사진 앞에 꽂은 벚꽃 그늘에/서늘하게 반짝이는 레몬을 오늘도 두자."

레몬의 "황옥빛 향기"는 이제 불멸의 공감각이 되어, 모든 아름다운 사랑과 슬픈 죽음 앞에서 서늘히 빛난다.

다카무라 고타로(高村光太郎)는 1883년 일본 도쿄에서 태어나 1956년 영면했다. 1897년 신시샤(新詩社)에 가입하고 《묘조(明星)》에 단가와 희곡을 발표하며 문단 활동을 시작했다. 도쿄미술대학 조각과를 졸업한 뒤 미국 유학과 런던, 파리 체류 중 로댕과 베를렌, 보들레르에 심취했다. 1909년 귀국 후 미술비평과 로댕 관련 서적 번역을 통해 전근대적인 일본 미술계의 속물성과 파벌주의를 비판하고, 데카당스 경향의 창작을 이어갔다. 1911년 지에코와의 만남을 계기로 방황을 마감하고 창작에 전념했으며, 시문학에서는 정형시와 문어체의 틀을 깨고 구어체 자유시를 구사했다. 태평양전쟁 시기에는 천황과 전쟁을 찬양하는 시를 다수 발표했으나, 일본 패전 이후 동남아공영권의 허위성을 깨닫고 자신의 역사관을 참회하며 이와테산 속에서 7년간 자영자급의 생활을 이어갔다. 요미우리문학상을 수상했으며, **시집**으로는 『도정(道程)』, 『맹수편(猛獸篇)』, 『지에코초(智惠子抄)』, 『위대한 날에』, 『기록(記錄)』, 『전형(典型)』이 있다.

빛을 기억하라고 _{손필영}

1

소백산 양지 자락에서 가을까지 벌을 모으다 윙윙거리며 돌아온 벌통집 산5-707호.

새우잡이 떠난 아버지를 기다리며 멍텅구리 배에 떠 있는 708호.

하루종일 방에 들어앉아 감감 무소식을 감감 희소식으로 바꾸고 수틀마다 물소리에 야생화를 촘촘히 벼랑 끝에 자리잡는 710호, 711호.

2

東大門에서 東小門으로 가시는 길을 아시나요. 뒷길로 벼랑을 끼고 몸 하나 간신히 빠져나가는 돌동네로 오시면 거기서 가깝습니다. 마주오는 사람끼리 비켜서지 않고 서로 스며들면 바로 거기가 東小門洞이지요. 그곳은 해가 동네사람 하나 하나를 다 거쳐야 산을 넘어갑니다.

제가 처음 이곳으로 왔을 때는 東小門을 들어가지 못하고 그 문전에서 어른거렸습니다. 자전거를 타고 가는 계란 아저씨와 야쿠르트 아주머니는 서로 스며 東小門에 들어섰습니다. 아무 일도 일어나지 않았습니다. 자전거는 아래로 내려가고 아주머니는 언덕을 올라가고.

두부 할아버지가 종소리를 앞세워 저쪽 골목 끝에서 오고 있습
니다. 모판에 그대로 핀 서광꽃도 종소리에 맞춰 일렁거리고, 나
도 그 소리에 맞춰 마주 걸어갑니다. 할아버지와 내가 서로 스며
들다 보니 할아버지의 왼쪽 가슴이 무척 밝았습니다. 아직 해를
품고 계시군요. 어느새 나도 東小門洞 주민이 된 것일까요. 가늘
게 뻗쳐오는 황금빛 한줄기.

3
잠들어도 시간에 쫓기는
나는 709호에 살고 있네요
구민회관 옆 넓은 마당을 좁게 걸어 들어오면
706-7-8호로 기울던 해가 710-11호로 줄지어 넘어가네요
709호는 거치지 않네요. 빛을 기억하라고. 빛을 내라고?

■출처: 시집 『빛을 기억하라고?』, 빛빛울화석(2008).

남루 속에서도 서로 스며들면 거기가 천국

　가난한 이웃들을 관심 깊게 바라보는 시인의 시선이 해처럼 밝고 따스하다.

　산5-706호에서 711호까지는 709호에 사는 시인의 가까운 이웃들이다. 707호에는 아마도 벌꿀을 치는 사람이 살고, 708호에는 먼 바다로 "새우잡이 떠난" 아버지를 기다리는 아이들이 있는 듯하다. "멍텅구리 배에 떠 있는"이라는 표현은 동력기관 없는 배처럼 아버지라는 동력선이 와서 견인해 주기만을 기다리는 아이들의 무력한 눈빛을 떠올리게 한다. 710호와 711호는 오랫동안 아무도 찾지 않은 듯, 벼랑 끝 야생화처럼 피어 있는 독거노인들의 삶이 그림자처럼 어른거린다.

　시인은 그 어두운 그림자를 밝은 빛으로 바꾸는 언어의 연금술을 지녔다. 그러나 그것은 단순한 연금술이 아니다. 2장과 3장에서 시인은 그 빛이 어디서 비롯되는지를 보여준다.

　2장에서 시인은 '동대문(東大門)'과 '동소문(東小門)'이라는 지명에서 착안해 어떤 진리를 건넨다. "좁은 문으로 들어가라. 멸망으로 인도하는 문은 크고 그 길이 넓어 그리로 들어가는 자가 많고, 생명으로 인도하는 문은 좁고 길이 협착하여 찾는 이가 적음이니라"(마태복음 7:13-14).

두부 할아버지가 종소리를 앞세워 저쪽 골목 끝에서 오고 있습
니다. 모판에 그대로 핀 서광꽃도 종소리에 맞춰 일렁거리고, 나
도 그 소리에 맞춰 마주 걸어갑니다. 할아버지와 내가 서로 스며
들다 보니 할아버지의 왼쪽 가슴이 무척 밝았습니다. 아직 해를
품고 계시군요. 어느새 나도 東小門洞 주민이 된 것일까요. 가늘
게 뻗쳐오는 황금빛 한줄기.

3

잠들어도 시간에 쫓기는

나는 709호에 살고 있네요

구민회관 옆 넓은 마당을 좁게 걸어 들어오면

706-7-8호로 기울던 해가 710-11호로 줄지어 넘어가네요

709호는 거치지 않네요. 빛을 기억하라고. 빛을 내라고?

■출처: 시집 『빛을 기억하라고?』, 빗방울화석(2008).

남루 속에서도 서로 스며들면 거기가 천국

　가난한 이웃들을 관심 깊게 바라보는 시인의 시선이 해처럼 밝고 따스하다.

　산5-706호에서 711호까지는 709호에 사는 시인의 가까운 이웃들이다. 707호에는 아마도 벌꿀을 치는 사람이 살고, 708호에는 먼 바다로 "새우잡이 떠난" 아버지를 기다리는 아이들이 있는 듯하다. "멍텅구리 배에 떠 있는"이라는 표현은 동력기관 없는 배처럼 아버지라는 동력선이 와서 견인해 주기만을 기다리는 아이들의 무력한 눈빛을 떠올리게 한다. 710호와 711호는 오랫동안 아무도 찾지 않은 듯, 벼랑 끝 야생화처럼 피어 있는 독거노인들의 삶이 그림자처럼 어른거린다.

　시인은 그 어두운 그림자를 밝은 빛으로 바꾸는 언어의 연금술을 지녔다. 그러나 그것은 단순한 연금술이 아니다. 2장과 3장에서 시인은 그 빛이 어디서 비롯되는지를 보여준다.

　2장에서 시인은 '동대문(東大門)'과 '동소문(東小門)'이라는 지명에서 착안해 어떤 진리를 건넨다. "좁은 문으로 들어가라. 멸망으로 인도하는 문은 크고 그 길이 넓어 그리로 들어가는 자가 많고, 생명으로 인도하는 문은 좁고 길이 협착하여 찾는 이가 적음이니라"(마태복음 7:13-14).

"東大門에서 東小門으로 가시는 길을 아시나요."라는 시인의 질문은 그 생명의 길을 묻는 또 다른 방식이다. 그 길은 참으로 협착하다. "뒷길로 벼랑을 끼고 몸 하나 간신히 빠져나가는 돌동네"이기 때문이다. 하지만 시인은 여기서 놀라운 시적 전환을 이끌어낸다. "마주오는 사람끼리 비켜서지 않고 서로 스며들면 바로 거기가 동소문동(東小門洞)"이라는 것이다.

가난과 남루 속에서도 서로 적대하지 않고 '스며들면' 거기가 곧 천국이다. "빛을 기억하"고 "빛을 내"는 이가 빛의 사람이듯이.

손필영은 1962년 서울에서 태어났다. 국민대학교 국어국문학과와 동 대학원을 졸업하고, 국민대학교 사회교육원 시창작과정을 수료했다. 1999년 《조선일보》 신춘문예에 시 「빛을 기억하라고?」가 당선되며 등단했다. 국민대학교 국어국문학과 강사로 재직했다. **시집**으로는 『빛을 기억하라고?』, 『타이하르 촐로』, 『그 바람이 어찌 좋던지』가 있다.

조용한 이웃 ^{황인숙}

부엌에 서서 창밖을 본다

높다랗게 난 작은 창 너머에

나무들이 살고 있다

이따금 그들의 살림살이를 들여다본다

까치집 세 개와 굴뚝 하나는 그들의 살림일까?

꽁지를 까딱거리는 까치 두 마리는?

그 나무들은 수수하게 사는 것 같다

잔가지들이 무수히 많고 본 줄기도 가늘다

하늘은 그들의 부엌

오늘의 식사는 얇게 저며서 차갑게 식힌 햇살

그리고 봄기운을 두 방울 떨군

잔잔한 바람을 천천히 오래도록 씹는 것이다

■출처: 시집 『자명한 산책』, 문학과지성사(2003).

오래 들여다보며 서로 닮아가는 이웃으로

"세 닢 주고 집 사고 천 냥 주고 이웃 산다."는 옛말이 있다. "먼 친척보다 가까운 이웃이 낫다."는 말도 있으니, 이웃이 얼마나 중요한지 알 수 있다. 폐문 속에 고립된 요즘의 도시 생활에선 어울리지 않는 이야기 같지만, 우리는 SNS와 공동체 모임을 통해 여전히 '이웃'이라는 관계망 속에서 살아간다.

이 시에서 시적 화자는 '나무들'을 이웃으로 두고 있다. 서로 자주 왕래하는 사이는 아닐지라도, 가까이에서 "이따금 그들의 살림살이를 들여다볼" 정도로 관심을 지니고 있다. "까치집 세 개와 굴뚝 하나", "꽁지를 까딱거리는 까치 두 마리"—나무들의 안살림은 소박하고 조용하다. 그 모습에서 화자는 "그 나무들은 수수하게 사는 것 같다"고 말한다.

무엇을 오래 깊이 들여다보면, 그것 역시 나를 들여다본다고 했던가. 괴물의 심연을 들여다보는 자가 스스로 괴물이 되지 않도록 주의해야 하듯, 나무의 안살림을 들여다보는 자는 스스로 나무처럼 살고자 하는지도 모른다.

주목해야 할 것은 시적 화자가 "부엌에 서서" '창'을 통해 "나무들의 살림살이"를 들여다보고 있다는 점이다. '부엌'은 육의 양식을 만드는 자리이며, '창'은 의식의 통로이다. 그리고 나무들의 살림은 '하늘'이라는 "그들의 부엌"에서 이루어진다. 육의 부엌에서

영의 부엌으로—화자는 작지만 투명한 의식을 통해 두 세계를 조용히 연결하고 있다.

산스크리트어에서 '현자(muni)'는 '조용한 자', 석가모니(Śākyamuni)는 '석가족의 조용한 이'라는 뜻이다. 침묵 속에서 깨달음을 얻고, 침묵으로 그것을 전한 부처처럼 시인의 "조용한 이웃"들인 나무들도 말없이 무언가를 전한다.

겨울은 수천의 나무 부처들과 나무 보살들이 묵언수행하는 계절이다. 나무들이 잎을 떨구어 햇살을 아끼듯, 우리도 입을 다물고 음식과 말을 아낄 일이다. 수수하고 청빈하게 나무들처럼 조용한 존재가 되어 살기, "얇게 저며서 차갑게 식힌 햇살/그리고 봄기운을 두 방울 떨군/잔잔한 바람" 같은 시를 "천천히 오래도록" 음미하기.

시적 여운을 끊는 '~이다', '~것 같다' 같은 종결어미들에도 불구하고, 겨울나무들을 "조용한 이웃"으로 바라보는 시인의 투명한 의식과 자연을 음식으로 끌어올린 감각이 영의 양식인 "오늘의 식사"를 특별하게 만든다.

황인숙은 1958년 서울에서 태어났다. 서울예술대학교 문예창작과를 졸업했으며, 1984년 《경향신문》 신춘문예에 「나는 고양이로 태어나리라」가 당선되며 등단했다. 동서문학상, 김수영문학상, 형평문학제문학상, 현대문학상을 수상했다.
시집으로는 『새들은 하늘을 자유롭게 풀어놓고』, 『슬픔이 나를 깨운다』, 『우리는 철새처럼 만났다』, 『나의 침울한, 소중한 이여』, 『자명한 산책』, 『리스본行 야간 열차』, 『못다 한 사랑이 너무 많아서』가 있다.

다시 질경이 김윤완

이젠 우덜도 이유 없이 짓밟히며 죽어 살진 않을 꺼여

죽도록 짓이겨져도 찍소리 못하며 바보같이 살진 않을 꺼여

즈덜이 뭔데 무슨 권리로 우덜을 멋대로 짓뭉게고 학대했냐 이거여

이젠 우덜도 뚝심으로 일어나 더러운 구둣발을 때려눕히고

돌팍으로 짓이기던 그 사악한 손목쟁이도 꺾어치울거라 이거여

우덜도 일어나, 정의와 생존의 뿌리로 일어나

억센 질경이의 매운 맛을 보일 거다 이거여

비겁과 굴욕의 꺼풀을 벗고 장와 평등의 대명천지에서

마음껏 살꺼다 이거여

우덜도 우덜의 권리를 누리며

새봄의 푸른 이파릴 펄럭이며 펄럭이며 당당히 살꺼다 이거여

■출처: 시집 『거대한 말뚝』, 열린출판미디어(2004).

푸르고 질긴 질경이 정신으로, 다시

걸쭉한 사투리 입말이 당당하고 싱그럽다. 이 시 어디에 엄살이나 가식이 끼어들 틈이 있으랴. 세련된 문어체 표준말을 구사하면서 위선과 허위를 밥 먹듯 하는 권력자들을 보고 살아야 하는 '우덜(우리들)'로서는, 시를 읽는 것만으로도 울화가 풀리는 듯 후련해진다. 밑바닥의 민초라고 눈코입귀가 없는가? 몸과 머리가 없는가? 배우고 가진 것은 없어도 알 건 다 알고, 느낄 건 다 느끼고, 생각할 건 다 생각한다. 무력해 보여도 생존을 향한 본능적 생명력은 어느 화초보다 질기다. 권세를 지닌 '즈덜(저들)'에 의해 아무리 짓밟혀도 끈질기게 견디며, 더욱 푸르게 '일어나'는 이 정신에 비굴과 오만이 끼어들 자리는 없다.

질경이는 만병통치약으로도 알려져 있다. 중국 한 무제 시절, 마무(馬武) 장군이 이끄는 전쟁터에서 굶주림과 갈증으로 병사들이 죽어가던 중, 풀어놓은 말들이 질경이를 뜯어 먹고 살아났다는 고사가 전한다. 그 풀은 병사들과 말들을 살리는 명약이 되었고, 장군은 이를 '차전초(車前草)'라 불렀다. 지천에 깔린 잡풀이 병사들을 살리는 명약이 될 줄 누가 알았으랴.

전차와 우마차, 사람의 '구둣발'과 '돌팍'에 "이유 없이 짓밟히며 죽도록 짓이겨져도" "뚝심으로 일어나"는 "억센 질경이의 매운맛". 그 강인한 생명력은 오직 푸른 식물성 정신에서 나오는 것이다. 시 속 '구둣발'과 '돌팍'은 권력의 횡포를 상징하고, "찍소리 못

하며 바보같이 (죽어) 살진 않을 꺼”, “때려눕히고 꺾어치울 거”라
는 저항의 목소리도 어디까지나 식물적인 방식이다. 이 시가 말하
는 ‘저항’은 새로운 폭력을 내지르려는 게 아니라, 언제까지나 푸르
고 뿌리 깊은 생명으로 버티고 일어서는 것, 바로 질경이 정신이다.

그러한 질경이 정신이야말로 정신적 기갈과 질병에 시달리는 오
늘의 세상에 필요한 약초다.

“다시 질경이”다. 권력은 없어도 누구보다 강인한 생명력을 지
닌 민초들이 지켜보고 있다. 오직 푸르름으로 무장한 질경이들이
권력자들의 위선과 허위를 견제하며 꿈틀거리고 있다. “질경이 씨
기름으로 불을 켜라.” 눈이 맑은 질경이들이 “새봄의 푸른 이파릴
펄럭이며 펄럭이며” 일어나고 있다.

김윤완(金潤琓, 호: 슬뫼)은 1939년 충청남도 청양에서 태어났다. 동국대학교 국
어국문학과와 단국대학교 교육대학원을 졸업했으며, 1959년 박종화, 서정주의
추천으로 시집 『로타리 부근』을 발표하면서 등단했다. 천안여자상업고등학교 교
사 및 교감, 단국대학교 및 경기대학교 강사를 역임했고, 한국문인협회와 한국예
총 천안지부장, 국제PEN클럽 이사, 한국현대시인협회 지도위원으로 활동했다.
한국문인협회·한국소설가협회·한국농민문학회·동국문학인회·단국문인회 회원
이며, 예총예술문화공로상, 천안시민의상, 충남문화상, 농민문학작가상, 흙의 문
예상, 단국문학상을 수상하고 녹조근정훈장을 수훈했다. **시집**으로는 『로타리 부
근』, 『암흑의 계보』, 『도시 71』, 『잿더미』, 『백발의 밤』, 『농토』, 『달아 달아 밝
은 달아』, 『개미의 춤』, 『민들레야 그러나 민들레야』, 『참새는 날지 않는다』, 『벙
어리새』, 『토박이새』, 『우화공화국의 눈물』, 『거대한 말뚝』이 있다.

2부 여름

모두 병들었는데
아무도 아프지 않았다

그날 _{이성복}

그날 아버지는 일곱시 기차를 타고 금촌으로 떠났고
여동생은 아홉시에 학교로 갔다 그날 어머니의 낡은
다리는 퉁퉁 부어올랐고 나는 신문사로 가서 하루 종일
노닥거렸다 전방(前方)은 무사했고 세상은 완벽했다 없는 것이
없었다 그날 역전(驛前)에는 대낮부터 창녀들이 서성거렸고
몇 년 후에 창녀가 될 애들은 집일을 도우거나 어린
동생을 돌보았다 그날 아버지는 미수금(未收金) 회수 관계로
사장과 다투었고 여동생은 애인(愛人)과 함께 음악회에 갔다
그날 퇴근길에 나는 부츠 신은 멋진 여자를 보았고
사람이 사람을 사랑하면 죽일 수도 있을 거라고 생각했다
그날 태연한 나무들 위로 날아 오르는 것은 다 새가
아니었다 나는 보았다 잔디밭 잡초 뽑는 여인들이 자기
삶까지 솎아내는 것을, 집 허무는 사내들이 자기 하늘까지
무너뜨리는 것을 나는 보았다 새 점(占) 치는 노인과
변통(便桶)의 다정함을 그날 몇 건의 교통사고로 몇 사람이
죽었고 그날 시내(市內) 술집과 여관은 여전히 붐볐지만
아무도 그날의 신음 소리를 듣지 못했다
모두 병들었는데 아무도 아프지 않았다

■출처: 시집 『뒹구는 돌은 언제 잠 깨는가』, 문학과지성사(1980).

당신의 '그날'은 어떠했나요?

　지금 이 순간에도 세계 어딘가에서는 전쟁이 일어나고, 하루하루를 전쟁처럼 살아가는 사람들이 넘쳐난다. 세상은 병원과 환자들, 더 나아가 응급실과 응급환자들로 가득 차 있다.

　코로나19가 세계를 뒤흔든 2020년 현재 이 시는 더욱 생생하게 다가온다. "미 1분당 1명 사망"이라는 미국발 뉴스, "부산항 사망사고"처럼 뒤늦게 드러나는 현장의 비극은 그날의 사건들을 다시 소환한다. 그러나 우리는 브뤼헐의 「추락하는 이카루스가 있는 풍경」 속 사람들처럼, 누군가 물속에서 발버둥치는데도 평온히 일상을 이어간다. 시에서 말하는 "태연한 나무들"처럼 무심히 하루를 살아간다.

　시를 들여다보면, "어머니의 낡은 다리는 퉁퉁 부어 올랐"는데 가족들은 제 갈 길을 떠났고, 세상엔 사건들이 끊임없이 벌어지는데도 기자인 '나'는 "전방은 무사했고 세상은 완벽했다 없는 것이 없었다"라며 하루를 흘려보낸다. 그러나 기록을 더듬어 갈수록, 삶은 삐걱거리고 세상은 이미 죽음의 징후를 키우고 있었음이 드러난다. 결국 "아무도 그날의 신음 소리를 듣지 못했다"는 말과 "모두 병들었는데 아무도 아프지 않았다"는 결론에 다다른다.

　개인이든 사회든 "병들었는데 아프지 않았다"는 것은 더 심각한 병의 증거다. 타인의 신음과 자신의 병통에 대한 무관심은 병을 더 깊게 만든다. 그렇다고 극도의 불안 속에 살 수도 없다. 다만 가끔 멈추어서 들여다보아야 한다. 하루의 어느 때라도 세상의 이면을 바라보고, 자기 내면의 소리에 귀 기울여야 한다. 그리고 그것을 표현해야 한다. 시 읽기와 글쓰기가 그 길을 열어 줄 것이다.

이성복(李晟馥)은 1952년 경상북도 상주에서 태어났다. 서울중학교와 경기고등학교를 거쳐 서울대학교 불어불문학과를 졸업하고, 동 대학원에서 석사 및 박사 학위를 받았다. 1977년 계간 《문학과 사회》에 「정든 유곽에서」를 발표하며 등단했다. 계명대학교 불문과 및 문예창작과 교수로 재직했으며, 김수영문학상, 소월시문학상, 대산문학상, 현대문학상, 이육사시문학상을 수상했다. **시집**으로는 『뒹구는 돌은 언제 잠 깨는가』, 『남해 금산』, 『그 여름의 끝』, 『호랑가시나무의 기억』, 『아, 입이 없는 것들』, 『달의 이마에는 물결무늬 자국』이 있다.

눈물 김현승

더러는
옥토(沃土)에 떨어지는 작은 생명(生命)이고저……

흠도 티도
금가지 않은
나의 전체(全體)는 오직 이뿐

더욱 값진 것으로
드리라 하올 제

나의 가장 나아종 지니인 것도 오직 이것뿐

아름다운 나무의 꽃이 시듦을 보시고
열매를 맺게 하신 당신은

나의 웃음을 만드신 후에
새로이 나의 눈물을 지어 주시다.

■출처: 『김현승 시전집』, 민음사(2005).

눈물은 하늘이 준 가장 큰 은총

다시 눈물이다. 이번에는 절대 고독과 절대 신앙의 시인 김현승의 눈물이다. 1권에 게재한 최문자 시인의 「눈물」과는 어떤 차이점과 공통점이 있을까.

최문자 시인이 '잿물 빨래'를 통해 표현한 눈물이 사별의 아픔을 딛고 살아내려는 "독한 눈물"이라면, 김현승 시인의 「눈물」은 상실의 아픔을 정직하게 받아들이면서 마침내 흘리게 되는 통한의 눈물이다. 두 시 모두 사랑하는 이의 뜻밖의 죽음을 품고 있다. 앞 시의 '외할머니'는 남편을 잃은 청상(靑孀)의 여인이었고, 김현승의 시에서 '나'는 아들을 잃은 참척(慘慽)의 슬픔에 놓여 있다.

삶에서 사별은 누구도 피할 수 없는 길이다. 그러나 그중에서도 가장 가혹한 슬픔은 자식을 앞세워 보내는 일이다. 그래서 '참척'이라 불렀을 것이다. 그 가운데서도 뜻밖의 사고로 자식을 잃은 부모의 슬픔은 어떤 위로로도 메워질 수 없다.

박완서의 단편소설 「나의 가장 나종 지니인 것」은 이러한 어머니의 심정을 절절히 담아낸 작품이다. 시의 구절을 따서 붙인 제목만으로도 눈물의 의미가 한층 절실히 다가온다. 그녀는 소설 속에서 이렇게 고백한다.

"은하계 그까짓 거 아무것도 아니더라구요. 저는 드디어 울음이

복받치는 대로 저를 내맡겼죠. 제가 그렇게 많은 눈물을 참고 있었을 줄은 저도 미처 몰랐어요. …… 제 막혔던 울음이 터지자 그까짓 은하계쯤 검부락지처럼 떠내려가더라구요. …… 전 그 울음을 통해 기를 쓰고 꾸민 자신으로부터 비로소 놓여난 것 같은 해방감을 느꼈어요.”

울음과 눈물이 사라진 세상은 그 자체로 독한 세상이다. 눈물을 흘려야 할 때 흘릴 수 없거나 흘리지 않는 가슴은 살아 있으되 이미 죽은 가슴이다. 그러나 눈물은 우리 마음의 맨 끝에 남아 있는 것, 곧 “가장 나아종 지니인 것”이다. 어쩌면 판도라의 상자 밑바닥에 남아 있는 희망 역시 눈물 꽃일지 모른다.

눈물은 하늘이 우리에게 준 가장 큰 은총이다. 울음을 통해 우리는 해방을 경험하고, 눈물을 흘릴 때 죽은 영혼은 다시 살아난다. 눈물 속에서 죽음은 생명과 맞닿아 근원의 품에 안긴다.

김현승은 바로 이 근원으로의 회귀를 통해 사별의 한계를 넘어선다. “옥토에 떨어지는 작은 생명이고저” 하는 눈물, 그것은 참척의 슬픔을 껴안고도 열매 맺는 삶을 향해 나아가려는 시인의 간절한 희구이다.

김현승(金顯承, 아호: 다형(茶兄))은 1913년 평양에서 태어나 1919년 전라남도 광주로 이주했으며, 1975년 영면했다. 평양 숭실중학교를 졸업하고, 숭실전문학교 문과를 수료했다. 1934년 《동아일보》에 「쓸쓸한 겨울 저녁이 올 때 당신들은」을 발표하며 등단했다. 1946년 숭일학교 초대 교감을 지냈으며, 이후 조선대학교 문리대학 부교수, 전북대학교 대학원 및 연세대학교 대학원 국문학과 강사, 숭실대학교 문리대학장으로 재직했다. 계간지 《신문학》 창간을 주재했으며, 한국문학가협회 상임위원, 한국문인협회 시분과위원장 및 부이사장, 기독교문화협회 위원장, 크리스찬문학회 회장을 역임했다. 한국시인협회 제1회 시인상을 거부한 일화로도 알려져 있으며, 제1회 전라남도문화상, 서울특별시문화상을 수상했다.
시집으로는 『김현승 시초(詩抄)』, 『옹호자의 노래』, 『견고한 고독』, 『절대 고독』, 『김현승시전집』, 『마지막 지상에서』 등이 있다.

바위 유치환

내 죽으면 한 개 바위가 되리라.

아예 애련(哀憐)에 물들지 않고

희로(喜怒)에 움직이지 않고

비와 바람에 깎이는 대로

억년(億年) 비정(非情)의 함묵(緘黙)에

안으로 안으로만 채찍질하여

드디어 생명도 망각하고

흐르는 구름

머언 원뢰(遠雷)

꿈꾸어도 노래하지 않고

두 쪽으로 깨뜨려져도

소리하지 않는 바위가 되리라.

■출처: 시선집 『유치환 시선』, 지식을만드는지식(2012).

침묵 속에서 태어나는 존재의 응답

　시는 꿈이다. 꿈이 현실에서 이루지 못한 소망을 상징과 응축으로 대신하듯, 시도 그러하다. 이 시에서 시인은 "바위가 되리라"는 꿈을 꾼다. 왜 그는 이런 꿈을 꾸어야 했을까.

　현실이 너무 고통스러웠기 때문이다. 시의 상징을 통해 들여다본 세계는 아픔 그 자체인 '생명의 세계'였다.

　이 시가 발표된 1941년은 일제 말기의 혹독한 탄압이 극에 달하던 때였다. 시인은 곳곳에서 동족의 신음소리를 들었고, '애련'하고 '희로'하며, 자신을 덮친 "비와 바람", "구름과 원뢰" 속에서 절규했을 것이다. '생명'을 기억하기에 '꿈'꾸며 '노래'하면서도, 깨질 때마다 아파서 울부짖었을 것이다.

　실제로 그는 1940년, 교사직을 그만두고 가족을 데리고 만주로 이주했다. 농장을 관리하며 정미소를 운영하던 그 시절, 시인은 말할 수 없는 침묵의 시간을 통과했을 것이다.

　『생명의 서』라는 시집 제목만 보아도, 그가 얼마나 생명을 억압당한 현실 속에서 생명을 간절히 갈구했는지 느껴진다. 얼마나 상처가 깊었기에, 바위가 되고 싶었을까. 얼마나 많은 말을 삼켜야 했기에, 시 속에서조차 스스로를 무생물화해야 했을까.

그러나 이 시의 진정한 울림은 바로 거기에 있다. 그는 생명력을 "안으로 안으로만 채찍질"하며, 외부가 아닌 내부로 생을 몰아붙인다. 응축에 응축을 거듭한 이 침묵의 시선은, 오늘 우리에게 묵직한 울림과 떨림으로 다가온다. "두 쪽으로 깨뜨려져도/소리하지 않는 바위"처럼, 시인은 고요히 모든 말을 가라앉히며 노래를 품는다.

"시인은 만년 야당이어야 한다"는 그의 말처럼, 이 침묵은 현실에 대한 굴복이 아니라 끝내 부서지지 않으려는 존엄의 자세다. 이제 우리가 꾸어야 할 꿈도, 어쩌면 바로 이런 종류의 꿈인지 모른다.

세상이 거세게 흔들릴수록, 말이 넘쳐날수록, 더 깊은 침묵으로 삶을 감당해야 할 순간이 있다. 그 침묵은 무기력함이 아니라, 존재의 가장 안쪽에서 꺼내는 단단한 결의이자, 부서지지 않기 위한 마지막 연소다.

"흐르는 구름"과 "머언 원뢰"를 품고도 아무 말 하지 않는 바위처럼, 우리는 때로 말하지 않음으로써 더 큰 진실에 가까워진다. 그럴 때, 시는 더 이상 외침이 아니라, 침묵 속에서 태어나는 존재의 응답이 된다.

유치환(柳致環, 아호: 청마(青馬))는 1908년 경상남도 통영에서 태어나 1967년 영면했다. 1923년 형 유치진이 주도한 '토성회(土聲會)'의 《토성(土聲)》 지에 시를 발표하며 활동을 시작했고, 1931년 《문예월간》에 「정적(靜寂)」을 발표하며 정식으로 등단했다. 동인지 《생리(生理)》를 발행하고 통영문화협회 및 문인구국대를 조직했으며, 육군 제3사단 종군, 사진관 경영, 화신연쇄점 근무, 농장 관리, 정미소 운영 등을 거쳐 통영협성상업학교·통영여자중학교 교사, 경북대학교 문리대학 강사, 경남 안의중학교 및 경주고등학교 교장을 역임했다. 조선청년문학가협회 제1회 시인상, 제1회 경북문화상, 대한민국예술원상, 자유문학상, 부산시문화상 등을 수상했으며, **시집**으로는 『울릉도』, 『청령일기(蜻蛉日記)』, 『청마시집』, 『제9시집』, 『유치환선집』, 『뜨거운 노래는 땅에 묻는다』, 『미루나무와 남풍』, 『파도야 어쩌란 말이냐』 등을 남겼다.

풀베기 ^{이병훈}

착한 백성은 온종일

풀을 벤다.

앞 이가 빠진 낫 들고

햇끝을 목에 감고

달끝으로 사타구니를 가리고 사는 백성이

벤 풀을 그 자리에 깔아 넌다.

살을 포개어 넌다.

쓰러진 몸으로 들을 덮는다.

풀은 누워서

지나가는 바람의 씨알을 익히며

밑도리의 상채기에서 새순이 돋아나드락

돋아나 풀섶이 되드락 더 산다.

착한 백성은 한평생

자기를 베어 세상에 깐다.

■출처:『문예창작 강의』, 문학사계(2018).

빛을 사모하며 살아가는 민초들

고은 시인은 이병훈 시인을 가리켜 "다 떠나버렸는데/군산항/그 삭막한 데 지키고 사는 시인"이라 말했고, "모진 소리 하나 내본 입 아니어서/그 입은 싱겁다/그 눈도 싱겁다"라며 시인의 침묵과 느린 결을 노래했다. 그리고 "그 마음속 깊이/옥산면 들 눈보라 들어차 있어/춥구나"라고 마무리한다.

하지만 필자의 눈에는 그 마음속에 햇빛이나 달빛이 들어차 있어, 더없이 따뜻하고 환했을 것 같다.

이 시에서 그 따뜻한 마음은 '햇끝'과 '달끝'이라는 시어로 상징된다. "햇끝을 목에 감고/달끝으로 사타구니를 가리고 사는 백성", 보잘것없는 민초들도 언제나 빛을 사모하고, 빛과 더불어 살아가고 있음을 드러내는 이미지다.

'풀베기'를 하는 존재인 동시에 '풀' 그 자체인 "착한 백성"은 가난하지만 희망을 잃지 않고, 약하지만 사랑을 간직한다. 희망과 사랑으로 강인해진 그 생명력은 "밑도리의 상채기에서 새순이 나드락/돋아나 풀섶이 되드락 더 산다." 그리고 마침내 자기를 베어 세상에 깔며, 타인을 위한 존재로 거듭난다.

요즘처럼 '이기적 유전자'나 '생존 기계' 같은 말들이 범람하는 시대에 '희생'이라는 말은 무겁게 들릴지 모른다. 낫으로 풀을 베는 사람도 이제는 거의 없을 것이다. 하지만 시의 세계는 현실과는 다르다. 시는 언어의 이삭줍기이자, 의미의 모종심기다.

시인은 버려진 채 아무도 거들떠보지 않는 언어를 주워 의미를 심고 가치를 부여한다. 순정한 마음의 시인들이 살아가는 시의 세계에서는 "앞 이가 빠진 낫" 같은 현실조차 언어의 보석으로 되살아난다.

베어지고 쓰러지고 포개어 누울 정도로 비좁은 현실 속에서도, 이 시는 투쟁보다 사랑, 증오보다 생명력을 말한다. 고난과 고통을 순애로 승화시키며, '새순'과 '풀섶'으로 다시 살아나는 백성들의 모습은 우리가 지켜야 할 진정한 희망의 형상이다.

"착한 백성은 한평생/자기를 베어 세상에 깐다."
가장 낮은 자리가, 결국 세상을 덮는 가장 넓은 자리였음을 이 시는 조용히 가르쳐준다.

이병훈(李炳勳)은 1925년 전라북도 옥구에서 태어나 2009년 영면했다. 서당과 소학교에서 수학했으며, 1959년 《자유문학》에 「단층(斷層)」·「흰줄기의 길」 등이 추천 완료되며 등단했다. 《군산문학회》와 《세계시》 동인으로 활동했고, 서울신문 군산지국 기자, 한국문인협회 군산지부장, 군산문화원장, 석정문학회 초대 회장을 역임했다. 한국문인협회·한국시인협회·외솔회 회원으로 활동했으며, 대한민국 문화훈장, 한국현대시인상, 전라북도문화상, 한국문학상, 군산시민의장 문화상, 제1회 모악문학상, 제1회 신석정촛불문학상을 수훈 및 수상했다. **시집**으로는 『단층(斷層)』, 『어느 흉년에』, 『멀미』, 『눈뜨는 하현』, 『녹두장군』, 『지리산』, 『포격당한 새』, 『참으로 좋은날은 땅에 살다가』, 『물이 새는 지구』, 『하포(下浦)길』, 『달무리의 작인들』, 『하루 또 하루』를 남겼다.

단식(斷食) 김영석

죽음 곁에서 물을 마신다.
잠든 세상의 끝
마른 땅 위에
전신(全身)의 어둠을 쓰러뜨리고
무구(無垢)한 물을 마신다.

너희들의 빵을 들지 않고
너희들의 옷을 입지 않고
너희들의 허망한 불빛에 눈 뜨지 않고

주춧돌만 남은 자리
다 버린 뼈로 지켜 서서
피와 살을 말리고
그러나 끝내
빈손이 쥐는 뿌리의 약(藥).

바람이 분다.
무구(無垢)한 물도 마르고
씨앗처럼

소금만 하얗게 남는다.

■출처: 자작시 해설집 『말을 배우러 세상에 왔네』, 황금알(2015).

철저한 부정 끝에 도달한 긍정의 시

"시의 말은 생명에서 생명으로, 가슴에서 가슴으로 통하는 말이다."

김영석 시인이 2015년 자작시 해설서의 책머리에 남긴 이 문장은, 한 시인의 고백이자, 시라는 언어 예술에 대한 깊은 믿음이다.

그는 요즘 세상의 시가 너무 어려워서, 읽고 싶어도 읽을 수 없는 시대가 되었다고 한탄했고, 그 책임은 시인들에게 있다고 지적했다. "어느 일간신문에서 그 무렵 발표작 중 제일 좋은 작품이라 뽑아놓은 시를 도무지 이해할 수 없었다." 시인이 자기 작품에 대해 쓴 산문이 시보다 더 어렵고 종잡을 수 없다면, 그것은 "잠꼬대 소리"일 뿐이라고 그는 일갈했다.

그런 직언은 시를 쓰고 가르치는 내게 깊은 울림을 주었다. 나 역시 감동하는 시는 세상의 주목을 받지 못하고, 오히려 종잡을 수 없는 시들이 각광을 받을 때 깊은 회의를 느끼곤 했다. 그런 맥락에서 김영석 시인의 말은, 캄캄한 밤중에 만난 등불 같았다.

그러나 나는 여기에 독자의 책임도 덧붙이고 싶다. 지금은 너무도 가벼워진 시대다. 조금만 무겁고 진지해도 사람들은 외면한다. 자신이 병들었으면서도 병든 줄을 모르고, 오히려 그 병을 즐기며 허망한 불빛에 취해 환호하는 것은 아닌가.

사람은 각자의 절망 앞에 선 단독자로서, 자기가 어디에 있는지를 자각할 때 비로소 구원의 가능성이 생긴다. 키르케고르의 말처럼, "절망할 줄 모르는 절망이야말로 가장 큰 절망"이다.

이 시는 그런 절망의 자각에서 비롯된 한 편의 단단한 언어다. "죽음 곁에서 물을 마신다."는 첫 구절부터 시는 일상의 감각을 벗어난다. 시인은 단식을 통해 "잠든 세상"과 "마른 땅"에 온몸으로 맞서며, "전신의 어둠을 쓰러뜨리고/무구한 물을 마신다." 그리고 "너희들의 빵을 들지 않고/너희들의 옷을 입지 않고/너희들의 허망한 불빛에 눈 뜨지 않"는다.

세계에 대한 철저한 거부 속에서 시인은 "주춧돌만 남은 자리"에 선다. "다 버린 뼈로" 서서, '빈손'으로 "뿌리의 약"을 쥐는 것이다. 그 순간, 단식은 고통이 아니라 깨달음의 통로가 된다. 이는 오랜 단식 끝에 수자타의 유미죽을 받아먹고 다시 일어난 싯다르타의 이야기를 떠올리게 한다. 철저한 부정 끝에 도달한 긍정. 산은 산이고, 물은 물이라는 자명함이 다시 빛을 얻는다.

마지막 연은 더욱 상징적이다. "무구한 물도 마르고/씨앗처럼/소금만 하얗게 남는다." 시인은 진리의 결정체처럼 남은 '소금'을 통해, 세속을 넘는 순결한 지혜를 노래한다.

시선일여(詩禪一如). 시는 선의 깨달음과도 닮아 있다.

"사다리를 버리고 언덕에 오르는 것을 선가에서는 깨달음의 경지라 하고, 시인은 조화의 경지라 하니 시와 선은 일치되어 차별이 없다." 청의 왕사정의 말이다. 조선의 천경도 덧붙인다. "시와 선은 같다. 선은 깨달음에 들어갈 수 있다. 시는 신령스러운 해득을 귀하게 여긴다."

이 말들처럼, 시 역시 언어를 비워내며 진실에 다가선다. 시가 깊은 사유 끝에 도달하는 침묵의 순간, 그것은 곧 선이 말 없는 깨달음으로 들어서는 자리에 닿는다. 깨달음은 결코 큰소리로 오지 않는다. 가장 낮고 작은 언어, 가장 많이 덜어낸 문장 안에 머문다.

이 시는 그 경지에 닿아 있다. 지극히 비워내며 끝내 남긴 것—한 줌의 소금.

시가 언어 너머를 가리키는 순간, 우리는 그것을 시이자 선, 존재의 맨바닥에서 길어 올린 맑은 진실로 받아들일 수 있다. 시가 이 정도의 깊이와 투명함을 품을 때, 마침내 시는 그 본래의 자리를 회복하게 된다.

김영석(金榮錫)은 1945년 전라북도 부안에서 태어났다. 1970년 《동아일보》 신춘문예에 시 「방화」, 1974년 《한국일보》 신춘문예에 시 「단식」이 당선되었고, 1981년 《월간문학》에 문학평론이 당선되며 작품 활동을 시작했다. 배재대학교 국어국문학과 교수로 재직했으며, 편운문학상과 시와시학상을 수상했다. **시집**으로는 『썩지 않는 슬픔』, 『나는 거기에 없었다』, 『모든 돌은 한때 새였다』, 『외눈이 마을 그 짐승』, 『거울 속 모래나라』, 『바람의 애벌레』, 『모든 구멍은 따뜻하다』, 『고양이가 다 보고 있다』, 『시인 풀꽃 당나귀』가 있다.

매미가 없던 여름 김광규

감나무에서 노래하던 매미 한 마리

날아가다 갑자기 공중에서 멈추었다.

아하 거미줄이 쳐 있었구나

추녀 끝에 숨어 있던 거미가

몸부림치는 매미를 단숨에 묶어버렸다.

양심이나 이념 같은 것은

말할 나위도 없고

후회나 변명도 쓸데없었다.

일곱 해 동안 다듬어 온

매미의 아름다운 목청은

겨우 이레 만에

거미 밥이 되고 말았다.

그렇다 걸리면 그만이다

매미들은 노래를 멈추고

날지도 않았다.

유달리 무덥고 긴 여름이었다.

■출처: 시집 『대장간의 유혹』, 미래사(1991).

자연의 숨결을 억압하는 검열의 거미줄

매미 소리가 폭포수처럼 쏟아지고 파도처럼 밀려온다. 눈을 감고 가만히 듣고 있자니 파도타기처럼 묘미가 있다. 매미 소리가 없는 여름은 상상할 수 없다. 그러나 한번 상상해 보자. 폭염이 기승을 부리는 공간에 적막까지 더해진다면, 얼마나 숨이 막힐까.

몇 해 전, 매미 소리가 숙면을 방해하는 소음 공해라는 주장이 언론마다 떠들썩하게 퍼진 적이 있다. 땅이란 땅은 다 아스팔트로 덮고, 밤새도록 불을 밝히며 자연의 질서를 교란한 인간들이 할 말은 참 아니라는 생각이 들었다. 도심 속 땅마다 아스팔트와 시멘트로 굳어져 있으니, 거기를 뚫고 나올 수 없는 유충들이 그나마 흙이 남은 곳으로 몰려드는 것이라는 해석도 있었다. 그렇다고 그 손바닥만 한 흙마저 시멘트로 덮어버릴 텐가?

매미는 땅속에서 5년, 7년, 13년, 길게는 17년까지 힘겹게 견디다 수십억 마리가 한꺼번에 세상으로 나온다. 이는 '남겨진 자의 생존'이라는 독특한 생존 방식이다. 천적에게 잡아먹힐 것을 계산에 넣고, 남은 일부라도 살아남게 하려는 일종의 '충해전술(蟲海戰術)'이다. 그렇게 땅을 밀고 올라온 매미들은 길어야 한 달을 산다.

칠월 한철, 이제는 그 끝물이다. 나무에 붙어 울어대던 매미들은 어느덧 자취를 감추고, 그 알과 유충들은 다시 긴 어둠 속으로 들어간다. 이 매미 소리는 짧은 생명을 다해 울어대는, 생명의 찬가

와도 같은 것이다. 누가 이들의 입에 재갈을 물리려는가. 누가 자연의 숨결을 억압하려 하는가.

대한민국은 전 세계에서 시인이 가장 많은 나라라고 한다. 나도 시를 쓰니 더 말해 무엇하랴. 그렇다고 누가 나더러 "너 같은 게 무슨 시를 쓰냐"고 한다면, 혹은 "그건 불온하다"며 재갈을 물리려 든다면, 어떻게 될까. 말할 수 없게 되는 순간, 시는 침묵하고, 시인은 날지 못한다. 그것이 바로 "매미가 없던 여름"의 정조다.

이 시는 "일곱 해 동안 다듬어 온/매미의 아름다운 목청"이 "겨우 이레 만에/거미 밥이 되고 말았다"는 절망을, 생태의 위기이자 표현의 자유에 대한 은유로 담아낸다. 그러나 시인은 통탄하거나 고발하는 방식이 아니라, 매미의 침묵을 통해 우리 모두의 침묵을 묻는다. "걸리면 그만"인 세상에서 "매미들은 노래를 멈추고/날지도 않았다"면, 그것은 곧 "유달리 무덥고 긴 여름"이었음을 뜻한다. 그리고 우리는 아직 그 여름 속에 있다.

김광규(金光圭)는 1941년 서울 종로구에서 태어났다. 서울고등학교와 서울대학교 독어독문학과를 졸업하고, 동 대학원에서 독문학 석사 및 박사 학위를 받았다. 1975년 계간 《문학과 지성》을 통해 등단했으며, 부산대학교와 한양대학교 독어독문학과 교수로 재직했다. 김수영문학상과 이산문학상을 수상했으며, **시집**으로는 『크낙산의 마음』, 『좀팽이처럼』, 『물길』이 있다.

사랑법 첫째 고정희

그대 향한 내 기대
높으면 높을수록
그 기대보다 더 큰
돌덩이 매달아 놓습니다.

부질없이 내 기대 높이가
그대보다 높아서는 아니 되겠기에
기대 높이가 자라는 쪽으로
커다란 돌덩이 매달아 놓습니다.

그대를 기대와 바꾸지 않기 위해서
기대 따라 행여 그대를 잃지 않기 위하여
내 외롬 짓무른 밤일수록
제 설움 넘치는 밤일수록
크고 무거운 돌덩이
가슴 한복판에 매달아 놓습니다.

■출처: 시선집 『고정희 시선』, 지식을만드는지식(2012).

기대와 좌절 사이의 균형추, 돌덩이의 사랑법

'사랑이란 이름의 폭력'. 얼마 전 상연된 연극 「얼굴 도둑」에 관한 기사가 마음을 아리게 한다. 엄마의 지나친 기대에 맞춰 살다가 자신의 얼굴을 잃어버린 딸의 죽음을 다룬 이야기였다. 남의 이야기 같지 않았다. 필자가 단지 부족한 엄마여서만은 아니었을 것이다. 주면서 빼앗는 사랑의 모순은 모녀 관계에만 있는 것도 아니다.

모든 인간관계가 가까워질수록 어려워지는 이유는, 그만큼 서로에 대한 기대와 요구가 커지기 때문이리라. 그래서 심리학자들은 쇼펜하우어가 고슴도치에게 배웠다는 '적당한 거리'를 강조하기도 한다. 그러나 이 시에서 시인은 첫째가는 사랑법으로 '돌덩이 매달아 놓기'를 제안한다. 사랑하면 할수록 "그대 향한 내 기대"는 높아질 수밖에 없지만, 정말 사랑한다면 "그 기대보다 더 큰 돌덩이"를 "가슴 한복판에 매달아 놓는다"고 고백하는 것이다. '기대'의 무한한 상승에 균형을 잡아주는 그 '돌덩이'란, 실은 타인에 대한 이해와 수용의 마음이 아닐까.

아무리 사랑하는 존재라 해도, 심지어 자식이라 해도 그는 어디까지나 독립된 개인이다. 타인이 내 기대대로 움직여 줄 수는 없다. 그러므로 사랑의 한계를 인정하고 받아들여야 한다. 그렇지 않으면 사랑은 어느 순간부터 증오와 절망으로 바뀔 수 있다. 이때 돌덩이는 기대와 좌절 사이에서 균형을 잡아주는 추이자, 침묵의 절제다.

지금 이 순간에도 얼마나 많은 이들이 사랑의 이름으로 "그대를 기대와 바꾸"고 있을까. 그리하여 "기대 따라 그대를 잃"고 있을까. 그래서 시인은 말한다. "내 외롬 짓무른 밤일수록/제 설움 넘치는 밤일수록/크고 무거운 돌덩이/가슴 한복판에 매달아 놓습니다". 시인의 피맺힌 절제가 절규가 되어, 조용히 가슴을 울린다.

고정희(高靜熙)는 1948년 전라남도 해남군에서 태어나 1991년 영면했다. 중·고등학교 검정고시를 거쳐 한국신학대학을 졸업했으며, 1975년 《현대문학》에 시 「연가」·「부활과 그 이후」를 발표하며 등단했다. 《목요회》·《여성문화운동》·《또 하나의 문화》 동인으로 활동했으며, 민족문학작가회의 이사, 여성문학인위원회 위원장, 시창작분과위원회 부위원장, 기독교신문사·크리스챤아카데미 출판간사, 가정법률상담소 출판부장, 《여성신문》 초대 편집주간 등을 역임했다. 대한민국문학상을 수상했으며, **시집**으로는 『누가 홀로 술틀을 밟고 있는가』, 『실락원 기행』, 『초혼제』, 『이 시대의 아벨』, 『눈물꽃』, 『지리산의 봄』, 『저 무덤 위에 푸른 잔디』, 『여성해방출사표』, 『광주의 눈물비』, 『아름다운 사람 하나』, 『모든 사라지는 것들은 뒤에 여백을 남긴다』가 있다.

찬밥 문정희

아픈 몸 일으켜 혼자 찬밥을 먹는다

찬밥 속에 서릿발이 목을 쑤신다

부엌에는 각종 전기 제품이 있어

1분만 단추를 눌러도 따끈한 밥이 되는 세상

찬밥을 먹기도 쉽지 않지만

오늘 혼자 찬밥을 먹는다

가족에겐 따스한 밥 지어 먹이고

찬밥을 먹던 사람

이 빠진 그릇에 찬밥 훑어

누가 남긴 무 조각에 생선 가시를 핥고

몸에서는 제일 따스한 사랑을 뿜던 그녀

깊은 밤에도

혼자 달그락거리던 그 손이 그리워

나 오늘 아픈 몸 일으켜 찬밥을 먹는다

집집마다 신을 보낼 수 없어

신 대신 보냈다는 설도 있지만

홀로 먹는 찬밥 속에서 그녀를 만난다

나 오늘
세상의 찬밥이 되어

■출처: 시집 『양귀비꽃 머리에 꽂고』, 민음사(2004).

찬밥처럼 자신을 낮추는 어머니의 사랑

사람들은 몸이나 마음이 몹시 아프고 지칠 때면 자연스레 어머니를 떠올리게 된다. 하느님이나 부처님도 계시고 아버지도 계시지만, 정작 위기의 순간에 터져 나오는 외침은 대개 "엄마, 어머니"이다. 왜 그럴까.

그것은 어머니의 사랑에 대한 본능적인 믿음 때문일 것이다. 한없이 약한 존재인 나를 열 달 동안 품었다가 피 흘려 낳아주시고, 죽기까지 자신보다 자식을 먼저 생각하며 살아가신 분. 심지어 죽음 저편에서도 나를 지켜 주실 것 같은 그 한 사람이 어머니 말고 또 누구일까.

"여자는 약하지만 어머니는 강하다"거나, "출산은 본격적인 출혈의 시작일 뿐"이라는 말이 있다. 그만큼 어머니의 삶은 고통의 연속이지만, 어머니에게 그것은 기꺼이 감내하는 값진 고통이다. 그래서 죽기까지 그 모든 고통을 '혼자' 감내한다.

가족을 위해 "따스한 밥 지어 먹이고/찬밥을 먹던 사람", "이 빠진 그릇에 찬밥 훑어/누가 남긴 무 조각에 생선 가시를 핥"으면서도, "몸에서는 제일 따스한 사랑을 뿜던 그녀"가 간절히 그리워지는 건, 내가 지금 '찬밥' 신세가 되었기 때문일지도 모른다. 나도 누군가의 어머니가 되어, 고통을 감내해야 할 때가 되었다는 얘기일 수도 있다.

생활의 구체성이 드러나는 일상적 시어, ‘찬밥’과 ‘따스한 사랑’, ‘아픈 나’와 ‘그녀’를 교차시키며 시인은 개인의 고통을 모성이라는 보편성으로 확장해 낸다. 시종 담담한 어조로 흐르지만, 읽고 나면 마음 밑바닥에서 뭉근히 뜨거워지는 무언가가 있다.

“집집마다 신을 보낼 수 없어/신 대신 보냈다는” 어머니. 그 어머니가 드신 찬밥처럼, 자신을 낮추는 헌신이야말로 가장 숭고한 사랑의 행위다. 우리는 그 사랑을 통해서만 우리 안에 깃든 신성에 슬며시 다가갈 수 있으리라.

문정희(文貞姬)는 1947년 전라남도 보성에서 태어났다. 동국대학교 국어국문학과를 졸업하고 동 대학원에서 석사 학위를, 서울여자대학교 대학원에서 문학박사 학위를 받았다. 1969년 《월간문학》에 「불면」·「하늘」이 당선되며 등단했다. 동국대학교 예술대학 및 고려대학교 문예창작학과 교수, 제40대 한국시인협회 회장을 역임했으며, 현재 동국대학교 문예창작학부 석좌교수이자 국립한국문학관 관장으로 재직 중이다. 목월문학상, 대한민국문화예술상, 육사시문학상, 정지용문학상, 소월시문학상, 현대문학상 등을 수상했으며, **시집**으로는 『문정희 시집』, 『새떼』, 『찔레』, 『하늘보다 먼 곳에 매인 그네』, 『양귀비꽃 머리에 꽂고』, 『오늘은 좀 추운 사랑도 좋아』, 『내 몸속의 새를 꺼내주세요』, 『작가의 사랑』, 『다산의 처녀』, 『오라 거짓 사랑아』, 『눈송이처럼 너에게 가고 싶다』가 있다.

엄마가 아들에게 랭스턴 휴즈

자, 아들아, 너에게 해줄 말이 있다.
인생은 내게 크리스털 계단이었던 적이 없단다.

거기엔 압정들이 떨어져 있고,
파편들도 널려 있었지.
판자들은 쪼개져 있고,
바닥엔 카펫도 깔려 있지 않았지.
맨바닥이었어.

하지만 그동안 내내
난 그걸 타고 올라왔단다.
층계참에 이르고,
모퉁이들을 돌고,
때로는 빛이라곤 전혀 없는
어둠 가운데 들어서곤 했지.

그러니 아들아, 돌아서지 마라.
계단에 주저앉아 있지 말거라.
그건 훨씬 다루기 쉬운 어려움이란 걸

넌 곧 알게 될 테니까.

지금 내려가지 마라.

왜냐면 애야,

내가 아직도 나아가고 있으니까.

내가 아직도 올라가고 있고,

인생은 내게 크리스털 계단이었던 적이 없으니까.

■출처: 『Biblio/Poetry Therapy』, North Star Press of St. Cloud(2011). 번역: 임미옥

엄마는 아직도 계단을 오르고 있단다

아프리카계 흑인으로서 미국의 대표적 시인이 된 랭스턴 휴즈는 젊은 시절, 하류직을 전전하면서도 삶에 대한 연민과 꿈을 잃지 않았다. 특히 자신이 살았던 할렘가 흑인들의 애환을 그들만의 언어(소울)로 표현하여, 흑인 문예 부흥의 기폭제가 되었다. 당시 미국 사회에서 흑인의 위상을 생각하면 놀라운 일이 아닐 수 없다.

이 시에서 시인은 엄마의 목소리를 빌려 젊은 독자이자 자녀에게 메시지를 전하고 있다. "자, 아들아, 너에게 해 줄 말이 있다."고 운을 떼며, 엄마는 지금까지 거쳐온 인생의 험난한 과정을 들려준다.

인생, 그것은 결코 "크리스털 계단"이 아니었다. 거기에는 '압정'과 '파편'이 흩어져 있었고, "쪼개진 판자들", "카펫도 깔려 있지 않은 맨바닥"만 있었다. 하지만 엄마는 "그동안 내내/그걸 타고 올라왔단다." 때로는 "빛이라곤 전혀 없는/어둠 가운데 들어서곤" 했지만, 여전히 "층계참에 이르고, 모퉁이를 돌며" 올라왔다고 한다.

그러니 아들아, "계단에 주저앉아 있지 말거라." 인생의 긴 계단을 생각한다면, 지금 네가 겪고 있는 고통은 "훨씬 다루기 쉬운 어려움"일지 모른다. "지금 내려가지 마라." 엄마는 "아직도 나아가고 있"으니까. 엄마는 지금도 그 계단을 타고 "여전히 올라가고" 있으니까.

누구에게도 인생은 "크리스털 계단"일 수 없다. 때로는 너무도 험하고 가파른 계단일 수도 있다. 그러나 그럼에도 불구하고 인생은 마지막 순간까지 포기해서는 안 되는, 크리스털보다 값진 보석이다. 그것은 천국의 계단이다.

그러니 지금, 그대의 삶이 힘겹더라도 "내려가지 마라". 어머니도 여전히 그 계단을 묵묵히 오르고 있으니까.

랭스턴 휴즈(Langston Hughes)는 1902년 미국 미주리 주에서 태어나 1967년 영면했다. 컬럼비아 공과대학을 중퇴했으며, 링컨대학교와 하워드대학교에서 명예박사 학위를 받았다. 1925년 《Opportunity》지 현상모집 시 부문에 1등으로 입선하며 주목받았고, 이후 구겐하임 펠로우십과 로젠월드 기금 펠로우십을 받았으며, 전미흑인지위향상협회로부터 Spingarn 메달을 수상했다. **시집**으로는 『슬픈 블루스』, 『유대인의 나들이옷』, 『사랑스러운 죽음』, 『드림 키퍼 및 기타 시』, 『새로운 노래』, 『할렘의 셰익스피어』, 『편도 티켓』, 『꿈의 몽타주』, 『당신의 엄마에게 물어보세요』, 『팬더와 속임수』가 있다.

돌멩이로 말하기 박남희

한낮을 뜨겁게 태우던 저녁 강이
해에게 말하듯
불이 물에게, 물이 불에게 작별인사할 때는
물같이도 불같이도 말하지 말기
꼭 돌멩이처럼만 말하기

바람을 버리고 떠나는 쓸쓸한 계절을 향해
작별인사 하는 법을 몰라 눈물이 날 때
말하지 않아도 단단한 말,
듣지 않아도 외롭지 않은 말
꼭 돌멩이처럼 말하기

돌멩이는 몸 전체가 입이라서
하루 종일 떠들어댈 것 같지만
입 하나 있는 것이, 그것도 벙어리라서
하루 종일 아무 말도 안하고 다만
무겁게 안으로만 말을 한다는데,

〉

사랑아, 네가 나에게 마지막 말을 할 때는
그립고 보고 싶어
자꾸만 목이 메여와도
꼭,
돌멩이처럼만 말하기

아니, 아니,
왈칵, 눈물이 나도
그냥,
돌멩이로 말하기

■출처: 《시문학》, 2014년 3월호.

언어의 한계를 건너는 사랑의 방식

이 시에는 '말'이 지닌 한계를 넘어 진심을 전하려는 시인의 열망이 담겨 있다. 언어는 인간을 인간답게 하는 가장 본질적인 도구지만, 때로는 그 말이 오히려 마음을 가리고, 오해를 낳으며, 진실을 가볍게 만들기도 한다. 그래서 시인은 말한다. "말하지 않아도 단단한 말", "듣지 않아도 외롭지 않은 말", "그냥, 돌멩이로 말하기".

공자는 "말로는 뜻을 다 전하지 못한다(言不盡意)" 했고, 노자는 "성인은 말 없는 가르침을 행한다(行不言之教)" 했다. 불가에서는 말의 길이 끊어진 '언어도단(言語道斷)'의 경지를 진리의 본체로 보며, 말이 아닌 '이심전심(以心傳心)'의 경지와 '불립문자(不立文字)'의 길을 강조한다. 그리고 주희는 "언어로써 다 표현하지 못하는 것이 시가 이루어지는 까닭"이라 말하며, 말의 모자람을 시로 보완하려는 인간의 절실한 시도에 주목했다.

이 시가 말하는 '돌멩이로 말하기'는 바로 그런 시적 말하기다. "몸 전체가 입"이지만 "다만 무겁게 안으로만 말을 하는" 말하기. 발화된 언어가 아니라, 침묵의 언어다. 말보다 더 깊이 전하는 언어, 격정보다 더 단단한 사랑의 방식. 떠나는 계절, 그립고도 보고픈 마지막 순간, 시인은 말한다. "꼭, 돌멩이처럼만 말하기". 그리고 끝내 이렇게 조용히 속삭인다. "왈칵, 눈물이 나도/그냥, 돌멩이로 말하기."

말이 가벼워진 시대일수록, 시는 이렇게 무겁고 조심스러운 방식으로 우리에게 다가온다. 마음이 말보다 앞설 때, 침묵은 가장 단단한 언어가 된다. 그것이 시인이 전한, 가장 조심스럽고 진실한 '사랑의 언어'일지 모른다.

박남희는 1956년 경기도 고양시에서 태어났다. 숭실대학교 국어국문학과를 졸업하고 고려대학교 대학원에서 국문학 석사 및 박사 학위를 받았다. 1996년 《경인일보》 신춘문예에 「신평리에서」, 1997년 《서울신문》 신춘문예에 「폐차장 근처」가 당선되며 등단했다. 고려대학교·숭실대학교·동국대학교·추계예술대학교·고양예고에서 강의를 했으며, 현재 서울시립대학교와 동국대학교 평생교육원 일산캠퍼스에서 '시창작 과정' 강사로 활동하고 있다. 또한 《창작 21》 편집위원으로도 참여하고 있으며, **시집**으로는 『폐차장 근처』, 『이불속의 쥐』, 『고장난 아침』, 『어쩌다 시간여행』이 있다.

섬 정현종

사람들 사이에 섬이 있다.
그 섬에 가고 싶다.

■출처: 시선집 『섬』, 열림원(2009).

사람들 사이, 닿을 수 없는 간격

단 두 줄.
"사람들 사이에 섬이 있다/그 섬에 가고 싶다."

시인은 더 말하지 않는다. 그러나 우리는 이 짧은 시 안에서 멈추고 오래 머문다. 시가 말한 것은 단 하나의 문장이지만, 그 말하지 않은 나머지 세계가 문장 밖에서 깊게 진동한다.

사람과 사람 사이에는 아무리 친밀해도 닿을 수 없는 간격이 있다. 존재는 본래 분리되어 있고, 타인 안에 완전히 스며들 수는 없다. 실존주의가 말하듯, 인간은 '고독'이라는 근원적 조건을 지닌 단독자이며, 죽음 앞에서는 누구나 홀로 선다. "사랑이 깊으면 외로움도 깊어라"는 노랫말처럼, 가까워질수록 외로움은 더욱 선명해진다.

그래서 시인은 말한다. '섬에 가고 싶다'고. 그 말은 외면의 탈출이 아니라, 내면의 귀향이다. 군중 속 고독에 질린 자가 도리어 고요한 고독을 자발적으로 선택하는 일. 그 섬은 단절이 아니라 차라리 회복이다. 내가 나로서 있을 수 있는 자리, 타인과의 불완전한 사랑조차도 무리 없이 받아들일 수 있는 거리.

존 던은 말했다. "어떤 사람도 그 자체로 완전한 섬은 아니다. 모든 사람은 대륙의 한 조각이며, 본토의 한 부분이다." 그러나 이 시는 말한다. "사람들 사이에 섬이 있다"고. 이 둘은 모순이 아니다. 우리는 모두 외따로운 섬이지만, 동시에 해저의 대륙붕 어딘가로 이어져 있는 땅이기도 하다. 닿을 수는 없지만, 완전히 단절되지도 않는.

그 사실을 기억할 때, 섬에 있다는 것, 혼자라는 것은 더 이상 절망이 아니라 사유의 시작이 된다.

정현종(鄭玄宗, 세례명: 알베르토)은 1939년 서울에서 태어났다. 대광고등학교와 연세대학교 철학과를 졸업했으며, 1965년 《현대문학》에 박두진 시인의 3회 추천 완료로 등단했다. 서울신문과 중앙일보 기자로 일했으며, 서울예술전문대학과 연세대학교 국어국문학과 교수로 재직했다. 한국문학작가상, 연암문학상, 이산문학상, 대산문학상, 공초문학상을 수상하고, 근정포장과 경암학술상을 수훈했다. **시집**으로는 『사물의 꿈』, 『나는 별아저씨』, 『떨어져도 튀는 공처럼』, 『사랑할 시간이 많지 않다』, 『한 꽃송이』, 『세상의 나무들』, 『갈증이며 샘물인』, 『견딜 수 없네』, 『광휘의 속삭임』이 있다.

섯! 오봉옥

■출처: 시집 『섯!』, 천년의 시작(2018).

우리를 숨죽이게 한 건 3·8선이 아니었다

검문하러 올라온 총 든 군인도

검게 탄 초병들의 날카로운 눈빛도 아니었다

기찻길 건널목에 붉은 글씨로 써놓은 말 섯!

그 말이 급한 우리를 순간 얼어붙게 만들었다

두 다리로 짱짱히 버티고 서 고함을 지르는 섯,

그 뒤엔 회초리를 든 호랑이 선생님이

두 눈 부릅뜨고 서 있는 것 같았다

머리에 모자를 쓰고 있는 것도 아닌데

커다란 방점이 떠억 하고 찍혀 있는 것 같았다

멈춤 정도야 뭐 말랑말랑한 말로 느껴질 뿐이었다

섯에 비하면 정지나 스톱 같은 말도 그저

앙탈이나 부리는 언어로 느껴질 뿐이었다

남에서 올라온 내 발 앞에 꽝,

대못을 박고 가로막는 섯!

그 섯 가져와 자살 바위 옆에 세워두고 싶었다

그 섯 가져와 기러기 떼 날아가는 노을 속에

슬그머니 척, 걸어두고 싶었다

'섯!' 앞에 선 우리

'섯!'이라는 말에 주목한 시인의 발상이 신선하고, 거기에서 파생되는 시상의 전개가 다층적이다.

화자는 '우리'라는 주어를 내세우며, '3·8선'이나 "총 든 군인", "검게 탄 초병의 눈빛"보다도 "기찻길 건널목에 붉은 글씨로 써놓은 말"—'섯!'—에 더 깊이 반응한다. "우리를 순간 얼어붙게 만드는" 그 말은 단순한 통행 금지가 아니라, 분단이 낳은 시대의 공기와 권위의 얼굴을 상징하는 기호처럼 다가온다. "두 다리로 짱짱히 버티고 서 고함을 지르는", "두 눈 부릅뜨고 서 있는", "커다란 방점이 떠억 하고 찍혀 있는" 형상으로 그려지는 '섯!'의 표정은 단어 하나로도 시대를 짓누를 수 있음을 보여준다.

화자는 이 '섯!'이라는 말의 억압과 통제의 힘을 '멈춤', '정지', '스톱' 같은 표현들과 비교하며 강조한다. 같은 의미를 담은 말들이지만, '섯!'에는 다른 언어들이 갖지 못한 위력이 담겨 있다. 어쩌면 그것은 한국어의 음성적 강도나 발화의 단호함에서 비롯된 것이 아니라, 그 말을 둘러싼 시대의 맥락과 정치적 공기에서 나오는 절대적 억제의 상징으로 느껴지기 때문일 것이다.

하지만 이 시의 진정한 미덕은 그 언어의 폭력성에 대한 고발에서 멈추지 않는 데 있다. 마지막 연에서 화자는 "남에서 올라온 내 발 앞에 쾅,/대못을 박고 가로막는 섯!" 앞에 선 채, 전혀 다른 상상으로 방향을 틀어낸다. 그는 그 '섯!'을 "자살 바위 옆에 세워두고 싶"어하고, "기러기 떼 날아가는 노을 속에/슬그머니 척, 걸어두고 싶"어한다. 억압의 상징이었던 단어를 삶의 벼랑에 놓고 싶은 간절함, 노을 속에 걸어두는 따뜻한 상상은 이 시가 가리키는 현실 너머의 미학적 공간을 드러낸다.

이때 '섯!'은 단순한 금지의 언어에서 벗어나, 오히려 삶의 어떤 지점을 멈춰 돌아보게 하는 말로 바뀐다. 시인은 그 말을 제자리에 놓아두고 싶어 한다. 제자리를 잃은 말은 위협이 되지만, 제자리를 찾은 말은 상처의 언어마저 품어 안는 힘이 되기 때문이다. 그 순간, '섯!'은 가로막는 언어가 아니라 길을 여는 징표가 되어, 분단의 철조망을 넘어 노을 속을 날아가는 기러기 떼처럼, 더 넓은 자유를 향해 나아가는 상상력을 부른다.

오봉옥은 1962년 광주광역시에서 태어났다. 전주대학교 국어국문학과를 졸업하고 연세대학교 대학원 국어국문학과에서 석사 및 박사과정을 수료했다. 1985년 《창비》『16인 신작시집』에 「내 울타리 안에서」 외 7편을 발표하며 등단했으며, 현재 서울디지털대학교 문예창작과 전임교수 및 대외부총장으로 재직 중이다. 겨레말큰사전 남측 편찬위원이자 《문학의 오늘》 편집인으로 활동하고 있으며, 2005년 올해의 작가상과 제9회 한송문학상을 수상했다. **시집**으로는 『지리산 갈대꽃』, 『붉은산 검은피』, 『나 같은 것도 사랑을 한다』, 『노랑』, 『달팽이가 사는 법』, 『섯!』이 있다.

신발론 마경덕

2002년 8월 10일
묵은 신발을 한 보따리 내다버렸다.

 일기를 쓰다 문득, 내가 신발을 버린 것이 아니라 신발이 나를
버렸다는 생각을 한다. 학교와 병원으로 은행과 시장으로 화장실
로, 신발은 맘먹은 대로 나를 끌고 다녔다. 어디 한 번이라도 막
막한 세상을 맨발로 건넌 적이 있는가. 어쩌면 나를 싣고 파도를
넘어 온 한 척의 배. 과적(過積)으로 선체가 기울어버린. 선주(船
主)인 나는 짐이었으므로,

 일기장에 다시 쓴다.

 짐을 부려놓고 먼 바다로 배들이 떠나갔다.

■출처: 시집 『신발론』, 문학의전당(2013).

신발로 쓴 생의 이력서

신발은 인생이라는 여행길에 없어서는 안 될 동반자다. 우리는 어떤 형태로든 그것을 신고 지금까지 걸어왔다. 그러나 어느 순간, 낡아진 신발은 별다른 미련 없이 내다버려진다. 그제야 문득 의문이 든다. "강을 건넜으면 버려야 할 뗏목"일지라도, 그에 대한 감사마저 버려도 되는가? 혹시 우리가 버렸다고 여긴 것들이 우리를 먼저 버린 것은 아니었는가?

마경덕의 「신발론」은 그런 반전의 사유에서 시작된다. 시인은 일기장에 "묵은 신발을 한 보따리 내다버렸다"고 적지만, 곧바로 그것이 신발이 나를 버린 것일지도 모른다는 전복적 발상에 이른다. 신발은 "학교와 병원으로, 은행과 시장으로, 화장실로" 시인을 이끌고 다녔고, 그 길 위에서 그는 어쩌면 늘 짐이었는지도 모른다. 시인은 스스로를 "과적으로 선체가 기운 배의 선주(船主)"로 비유하며, 그 위에 실린 짐이 바로 '나' 자신이었음을 깨닫는다.

여기에서 '신발'은 단순한 도구가 아니라, 삶을 싣고 항해한 배이며, 자신이 써온 생의 이력(履歷) 그 자체가 된다. '신발론'은 곧 시인의 '이력서'다. "짐을 부려놓고 먼 바다로 배들이 떠나갔다"는 마지막 문장은, 버려진 것이 아니라 역사의 어느 항구에 당도한 것 같은 잔잔한 여운을 남긴다.

이제 새로운 신발, 혹은 새로운 배를 앞에 둔 시인은 어디로 향하게 될까. 그가 다시 실릴 배는, 이번엔 웬만해선 기울지 않는, 단단한 삶의 신발이었으면 좋겠다는 바람이 인다. 짐이 조금은 가벼워졌기를, 파도가 잠잠해졌기를.

그러나 결국, 하이데거가 고흐의 낡은 구두를 두고 말했듯, "그 구두는 세계를 담고 있다." 삶의 무게와 흔적이 밴 신발은 기울고, 해어지고, 낡아질 수밖에 없다. 그러기에 그 신발은 거룩하다. 한 인간의 시간이 담긴 사물은, 제빛을 잃는 대신 또 다른 세계의 진실을 비추기 시작한다.

마경덕은 1954년 전라남도 여수에서 태어났다. 여항실업고등학교를 졸업하고, 2000년 《마로니에 주부백일장》 시 부문에서 준장원을 수상했으며, 2003년 《세계일보》 신춘문예에 「신발론」이 당선되며 등단했다. 현재 시마을문예대학, 한국시문화회관 부설 문예창작학교, MBC롯데, AK문화아카데미 등에서 시창작 강사로 활동 중이다. **시집**으로는 『신발론』, 『글러브 중독자』, 『사물의 입』이 있다.

세숫대야론(論) 김호균

세숫대야를 보면
징을 닮았다는 생각이 든다.
세수를 하고 비누거품으로 가득 찬 물을 버리면
무언가를 말하고 싶다는 투로 그려진
세선의 물결 무늬

물 속의 네 육신이 흔들리고
어푸어푸 물먹은 네 육신이 흔들리다 멈추어섰을 때
지나온 네 꿈보따리를 뒤적이다 보면
나 또한 너처럼 사무친다

우리 모두는 울고 싶은 거다 혹은
말하고 싶은 거다
우리가 가는 여행에 대해 아무도
증거하지 않았지만
대개는 자신의 억울함에 대해
눈시울 적시며 살아왔고 살아가고 있는 거다

〉
징, 하고 울린 적 없지만 너처럼

속으로 감춘 말줄임표가

한없이 가슴속에 그려져 있는 거다

■출처:《세계일보》, 1994년 신춘문예.

세숫대야와 징 사이의 울림

'세숫대야'를 빌려 화자는 자신의 억울함과 사무침을 토로한다.
무엇이 그렇게 억울했던가.

첫 연에서 화자는 "세숫대야가 징을 닮았다"는 생각을 한다. 그
러나 그것은 소리 내 울리지 못한 징이다. 징처럼 울고 싶고, 무언
가를 말하고 싶지만 끝내 그러지 못한 채 일상을 견뎌온 자아의 회
한이 거기서 자극된다. 인생이라는 '여행'에서 자신의 '꿈보따리'
를 제대로 펼쳐보지 못했다는 억울함이다.

'징'은 울림으로 존재를 증명하는 악기다. 그러나 '세숫대야'는
세수를 위해 물을 담았다 비워내는 일상적 그릇일 뿐이다. 말하고
싶어도 말하지 못하고, 울고 싶어도 울지 못하는 존재. 시인은 그
사소한 사물에 자신을 빗대어 "너"라 부르다가, 곧 "나"라고 하고,
마침내 "우리"라고 한다. 억울함이 곧 보편적 인간의 얼굴임을 고
백하는 것이다.

"대개는 자신의 억울함에 대해/눈시울 적시며 살아왔고 살아가
고 있"으며, "징, 하고 울린 적 없지만 …/속으로 감춘 말줄임표가/
한없이 가슴속에 그려져 있는" 존재―그것이 우리다. 그러한 억울
함을 풀 길은 자기 존재를 증명하는 울림을 통해서만 가능하다.

이 시는 소리를 내지 못하는 세숫대야의 형상을 통해, 말 없는

억울함을 살아내는 보편적 인간의 운명을 증언한다. 그것은 곧 울리지 못한 징을 대신해, 시가 울어주는 방식의 해원이다. 세숫대야의 고요한 표면에 닿은 잔물결은 징의 울림처럼 가슴속 깊이 번져, 시인의 언어로 오래도록 여운을 남긴다.

김호균은 1962년 광주에서 태어났다. 전남대학교 중어중문학과를 졸업하고, 1994년 《세계일보》 신춘문예에 「세숫대야論」, 《광주매일》 신춘문예에 동화 「첫눈과 종이비행기」가 당선되며 등단했다. 출판인으로 활동했으며, 아시아문화중심도시 조성위원과 아시아문학페스티벌 집행위원장을 역임했다. 제1회 5월문학상을 수상했으며, **시집**으로는 『물 밖에서 물을 가지고 놀았다』가 있다.

내 이름 ^{이원섭}

낡은 물고기 모양 썩어진 몸뚱이는
이렇게 衣服으로 싸버리고

거기에다 제법
넥타이까지 지그시 늘어뜨린 바에야

어떠냐, 이렇게 담배를 피어 물면
조금은 그래도 그럴듯하리라.

아무것도 안 뵈는 듯이
실로 아무것도 안 들리는 듯이

어떠냐, 이렇게 연기를 내뿜으면
조금은 그래도 사람다우리라.

내 얼굴은 보지 마라. 거기에 찍힌
내 이름은 부디 읽지를 마라.

〉

어떠냐, 이 흐르는 연기는
참으로 참으로 고웁지 않으냐.

이것을 보아라. 내 손가락 사이에서
피어나는 이 연기를 좀 보아라.

■출처: 시집 『향미사(響尾蛇)』, 문예사(1953).

연기 속의 부끄러운 이름

이 시에서 시인은 "내 이름"을 내세워 그것을 풍자함으로써, '사람'이라는 이름 뒤에 숨어 있는 기만과 부끄러움을 드러낸다.

첫 연의 "낡은 물고기 모양 썩어진 몸뚱이"는 자조적인 풍자다. 문명의 '의복'으로 포장되고 '넥타이'로 치장된 몸은, '담배'와 '연기'라는 허위의 장치를 거쳐 "조금은 그래도 사람다우리라"고 포즈를 취한다. 그러나 곧 "내 얼굴은 보지 마라 …/내 이름은 부디 읽지를 마라"라며 부끄러움을 고백한다. 인간 존재의 비인간성과 기만성이 문명의 외피 속에서 점차 드러나는 순간이다.

시 속의 화자는 자신을 '나'라 부르지만, 사실 그 '나'는 누구라도 피할 수 없는 인간의 초상이다. 연기 속에서 사람다움을 가장하면서도, 부끄러운 이름을 감추고 싶은 마음. 여기에서 자유로운 사람이 과연 몇이나 될까.

이 작품은 6·25 전쟁의 한복판에서 생사의 위협을 온몸으로 겪으며 써진 자기고발의 시다. 시인은 직접 이렇게 고백했다. "포탄이 터지는 일선 고지에 서보기도 하고, 생사를 모르는 부모를 생각하며 부산 거리를 헤매기도 한, 이리하면서 내가 느낀 무거운 죄의식! … 나의 자기고발이며 자기처형인 이 일련의 작품들은 수사에 조금도 마음을 쓸 여유 없이 쓴 것들이다."

오늘 우리 또한 문명화된 사회 속에 살면서, 여전히 부끄러운 이름을 감추려 한다. 하지만 시인은 말한다. 진정한 사람다움은 연기의 허위가 아니라, 부끄러움을 직면하고 고백하는 용기 속에 있다고. 「내 이름」은 이름을 통해 부끄러움을 응시하게 함으로써, 우리 모두의 내면에 남은 전쟁과 죄의 흔적을 돌아보게 만든다.

이원섭(李元燮, 아호: 파하(巴下))는 1924년 강원도 철원에서 태어나 2007년 영면했다. 혜화전문학교(현 동국대학교) 불교학과를 졸업하고, 1948년 《예술조선》에 「기산부(箕山賦)」·「죽림도(竹林圖)」가 당선되며 등단했다. 경신고등학교, 마산고등학교, 숙명여자고등학교 교사를 역임했으며, 문인협회 부이사장, 현대시인협회와 공초승모회 회장을 지냈다. 한국문학가협회상을 수상하고 보관문화훈장을 수훈했으며, **시집**으로는 『향미사(響尾蛇)』, 『담배파이프』, 『이밤의 밀어(密語)』, 『내가 뱉은 가래침』이 있다.

질투는 나의 힘 ^{기형도}

아주 오랜 세월이 흐른 뒤에

힘없는 책갈피는 이 종이를 떨어뜨리리

그때 내 마음은 너무나 많은 공장을 세웠으니

어리석게도 그토록 기록할 것이 많았구나

구름 밑을 천천히 쏘다니는 개처럼

지칠 줄 모르고 공중에서 머뭇거렸구나

나 가진 것 탄식밖에 없어

저녁 거리마다 물끄러미 청춘을 세워두고

살아온 날들을 신기하게 세어보았으니

그 누구도 나를 두려워하지 않았으니

내 희망의 내용은 질투뿐이었구나

그리하여 나는 우선 여기에 짧은 글을 남겨둔다

나의 생은 미친 듯이 사랑을 찾아 헤매었으나

단 한 번도 스스로를 사랑하지 않았노라

■출처: 시집 『입속의 검은 잎』, 문학과지성사(1991).

질투의 밑바닥에서 희망을 꺼내다

통렬한 자기성찰과 반성이며 정직한 직면이다. 질투는 흔히 감추고 싶은 부끄러운 감정이지만, 시인은 그것을 끝까지 따라 내려가 마침내 자신의 내면 깊은 곳에 가 닿는다. 그리고 그 어두운 밑바닥에서 오히려 희망의 흔적 하나를 건져 올린다.

직면은 쉽지 않다. 자신의 초라하고 못난 모습을 똑바로 바라보는 일은 고통스럽기 때문이다. 그래서일까. 기형도 시인은 "아주 오랜 세월이 흐른 뒤"라는 미래의 시점을 빌려, 현재의 자신과 삶을 회상하는 방식으로 시를 쓴다. 그리고 마치 훗날의 자신에게 짧은 유서를 써 내려가듯, 현재의 '생'을 응시하며 반성의 고백을 적어 내려간다.

이 글을 쓰는 지금 이 순간은 언젠가 낡아질 것이며, "힘없는 책갈피"처럼 "이 종이"라는 순간의 진실, 찰나의 존재를 '떨어뜨릴' 것이다. 그렇게 되면 모든 것이 확연하게 드러날 것이다. '그때' 시인은 '마음' 안에 "너무나 많은 공장을 세"우고, 너무나 많은 것을 '기록'하고, '개처럼' 방황하면서 "공중에서 머뭇거렸다"는 내용이 말이다.

한편, 반성은 자연스럽게 '탄식'을 불러 그는 "나 가진 것 탄식밖에 없"다고 고백하고, "내 희망의 내용은 질투뿐"이라고 실토하기에 이른다. '그리하여' 시인은 결국 그 모든 어리석어 보이는 "나의

생은 미친 듯이 사랑을 찾아 헤매었"던 것이었음을, 그러나 "단 한
번도 스스로를 사랑하지 않았"던 삶이었음을 깨달은 내용을 마지
막에 남겨둔다.

　우리는 시인에게 '질투'라는 "희망의 내용"이 있었음을 확인하였
다. 말하자면 '질투'는 부정과 탄식으로 가득한 판도라 상자의 맨 밑
바닥에 유일하게 남아있는 그의 '희망'이었다. 그런데 질투란 무엇
일까? 또 질투의 힘이란 무엇이기에 "희망의 내용"이 되는 것일까?

　사랑은 어떤 존재를 아끼고 소중히 여기는 마음이며, 질투는 그
사랑하는 대상이 다른 사람을 사랑하거나 그에 속해 있을 때 느끼
는 내면의 복잡미묘하고 격렬한 반응이다. 거기에는 분노와 불안,
슬픔과 박탈감, 열등감과 인정 욕구가 가시덤불처럼 얽혀 있다. 그
것은 마음을 찌르고 밤잠을 앗아가며, 때로는 그 대상을 세상에서
지워버리고 싶다는 극단으로까지 향하게 한다.

　그러나 시인이 말하듯, 그것은 "희망의 내용"이 될 수 있다. '질
투'는 타인을 향한 감정처럼 보이지만, 실은 자기 내면의 결핍과
욕망이 외부 대상에 투사된 것이다. 그 투사의 이면에는 내가 감
추거나 외면해 온 나의 그림자가 있고, 바로 그 그림자가 나 자신
의 진실한 욕망과 희망의 방향을 가리킨다. 따라서 '질투'라는 투
사 과정을 통해, 나는 내가 간절히 바라는 것, 되고 싶은 것, 이루
고 싶은 것을 알아차리게 된다. 바꿔 말하면, 질투가 있는 한 희망
이 있다는 얘기다. 그러니 그 감정을 억누르거나 부정하기보다 잘
다스려 자기 계발과 변화의 원동력으로 삼아야 한다. 그것이 질투

의 순기능, 질투의 힘이다.

"수많은 미술작품과 문학작품 속에서 '질투'는 창작의 훌륭한 동기가 돼 왔다. 스트린드베리는 '질투하는 밤'(1893)에서 질투심에 사로잡힌 격분한 마음을, 구스타프 클림트는 '질투'(1898)에서 영혼을 소진하는 질투의 파괴성을 그렸다. 사진작가 토머스 리 심스의 '질투'(1898)처럼 동물들의 질투도 작품 주제로 널리 활용돼 왔다. 미국의 문호 헤밍웨이가 피츠제럴드와의 우정을 담은 회고록 「파리는 날마다 축제」에서는 전체적으로 헤밍웨이의 질투심이 묻어난다. 당시만 해도 『위대한 개츠비』를 써서 자신보다 훨씬 유명했던 피츠제럴드를 헤밍웨이는 시기·질투하는 데 머물지 않고 창작의 훌륭한 자극제로 삼았다."(피터 투이, 『질투』)

중요한 것은 스스로를 사랑하는 일이다. 시인도 그것을 마지막에 깨달았듯, 스스로를 사랑하지 않는 사람은 사랑을 가질 수 없다. 당신은 무엇을 이루고 싶은가. 누구를 닮고 싶은가. 당신의 질투가 향하는 곳을 바라보라.

기형도(奇亨度, 세례명: 그레고리오)는 1960년 경기도 옹진군에서 태어나 1989년 영면했다. 중앙고등학교와 연세대학교 정치외교학과를 졸업했으며, 1980년 연세대학교 학보에 「노마네 마을의 개」를 기고했다가 공안당국에 끌려가 조사를 받았다. 1983년 복학한 후 「식목제」로 《연세춘추》 윤동주문학상을 수상했고, 1985년 《동아일보》 신춘문예에 「안개」가 당선되며 문단에 나왔다. 이후 다양한 문예지에 꾸준히 작품을 발표했으며, 중앙일보 편집부 기자로도 활동했다. **유고시집**으로는 『입속의 검은 잎』과 『사랑을 잃고 나는 쓰네』가 있다.

독나무 새뮤얼 테일러 콜리지

회한이란, 그것이 생겨나는 심장의 닮은꼴

부드러운 마음에서는, 진실한 회오의 향기로운 이슬이 맺힌다

하나, 만약 자존심 세고 원망으로 닫힌 마음이라면

독나무가 피어나, 가슴속 깊은 곳까지 찔려도

다만 독의 눈물만이 흐를 뿐이다!

■출처: 오에 겐자부로, 『인생의 친척』, 웅진출판(1994).

독나무를 부활초로 재생시키는 회한의 힘

　　오에 겐자부로가 소설 『인생의 친척』에서 인용한 콜리지의 시다. 언뜻 예언처럼 들리다가도 곧 은근한 반발심을 자극한다. 과연 그런가? 사람의 심장이 본래부터 다르다고? 어떤 이는 부드럽고 어떤 이는 굳어 있다고? 그러나 삶 자체에 유린당한 생명, 존재 자체를 거부당한 심장이 어떻게 부드럽기만 할 수 있을까. 처음엔 부드러웠던 심장도 "후회하고 괴로워하기만 하는 걸로는 아무리 해도 빠져나갈 길이 보이지 않"고, "후회하고 또 후회하는 이외에 당장 할 수 있는 일이 있는 것도 아닐" 경우, 도리어 그 회한이 마음을 닫아버리고 그 안에서 '독나무'가 돋아나는 것은 아닐까.

　　회한은 스스로 잘못을 인정하고 그 결과를 받아들일 수 있을 때 비로소 부드러운 마음이 되어 회오(悔悟)의 눈물을 흘리게 한다. 하지만 '죄 없는' 자신에게 운명이 부당하게 고통을 안겨주었다고 여겨질 때, 사람은 누구나 분노와 원망으로 마음을 닫게 되고, 그 안에서 독나무를 키우며 독한 눈물을 흘리게 된다.

　　소설 속 마리에는 누구보다 성실하게 삶을 대했으나, 선천적 정신지체 장애를 지닌 큰아들과 후천적 신체장애를 지닌 작은아들을 모두 잃는다. 절벽 아래로 몸을 던진 두 아들의 죽음은 그녀의 희망마저 앗아갔다. 사랑하는 아이들을 잃은 후, 남편과도 헤어지고 홀로 남겨진 그녀는 신에게 항변한다. "내 불쌍한 아이들을, 저처럼 부조리한 방법으로 하느님(아니면 '우주 의지'라고 말하고 싶은 가요?)이 빼앗아 가 버렸어요."

그 항변은 신의 정의를 묻는 동시에, "고통스럽게 살아남아"야 하는 자의 절규다. 그 절규 속에서 마리에는 독나무 같은 절망에 뿌리내릴 수도 있었지만, 필자의 꿈속에서 그녀는 다른 모습으로 나타난다. 사막을 구르며 생명의 불씨를 품는 부활초, 메마른 땅에서도 되살아나는 고사목의 형상으로. 낡은 "세계 최후의 여자"이자 새로운 세계의 첫 여자로, 새로운 어머니 마리아로.

낡은 세계는 장애와 결핍을 지닌 이를 멸시하고 배제하던 세계이고, 새로운 세계는 함께 더불어 살아가며 서로를 치유하고 돕는 세계다. 그 세계에서 회한은 독나무가 아니라 부활초로 다시 살아난다. 소설과 꿈은 그렇게 증언한다. 회한은 "독의 눈물"이 아니라, 마침내 생명의 불씨로 다시 피어나 "향기로운 이슬"을 맺게 할 수 있다고.

새뮤얼 테일러 콜리지(Samuel Taylor Coleridge)는 1772년 영국 데본에서 사제의 아들로 태어나 1834년 영면했다. 케임브리지대학교에서 수학했으며, 로버트 사우디, 윌리엄 워즈워스와 함께 '호반의 시인들'로 불렸다. 특히 워즈워스와의 창조적 공생 관계는 영국 낭만주의의 서막을 연 공동 시집 『서정담시집(Lyrical Ballads)』 발간으로 결실을 맺었다. 이후 「노예무역에 관한 시」, 「늙은 선원의 노래」, 「쿠블라 칸」 등 상징적이고 몽환적인 작품들로 영국 낭만주의 시의 형식과 주제에 깊은 영향을 끼쳤다.

3부 가을

잎새에 이는 바람에도 나는

서시 (序詩) 윤동주

죽는 날까지 하늘을 우러러

한 점 부끄럼이 없기를,

잎새에 이는 바람에도

나는 괴로워했다.

별을 노래하는 마음으로

모든 죽어 가는 것을 사랑해야지

그리고 나한테 주어진 길을

걸어가야겠다.

오늘밤에도 별이 바람에 스치운다.

■출처:『하늘과 바람과 별과 詩』(1955년 정음사 오리지널 초판본), 더스토리(2016).

별을 노래하는 부끄러움

부끄러움은 인간만이 가진 고도로 분화된 감정이다. 동물은 본능에 따라 살지만, 인간은 스스로 떳떳하지 못하다고 느낄 때 수치심을 경험한다. 그렇다면 인간의 부끄러움은 어디에서 비롯되고, 어디로 향하는가.

동양에서 맹자는 '측은·수오·사양·시비'의 마음을 인간 본성으로 보고, 특히 수오지심을 통해 의(義)가 발현된다고 했다. 반면 성경 창세기에서는 아담과 하와가 선악과를 먹은 뒤 벌거벗음을 부끄러워하며 하느님 앞에 숨은 장면을 기록한다. 전자는 도덕적 각성으로, 후자는 실존적 두려움으로 이어진다. 윤동주의 '부끄럼'은 이 두 전통이 만나는 지점에 놓여 있다고 볼 수 있다.

그의 성품은 맑고 단정했다. 술과 담배를 멀리했고, 자신이 가진 것을 기꺼이 내어주었으며, 심술을 모르던 사람이었다는 동생의 증언이 남아 있다. 그러나 그런 성품만으로는 설명되지 않는 내적 괴로움이 그의 글에 자주 나타난다. 유학생으로서 식민지 청년이 겪은 고립과 궁핍 속에서 그는 "이제 내가 갈 곳이 어딘지 몰라 허우적거리는 것"이라 고백하며, 뿌리 내린 나무를 부러워했다. 그리고 별똥별이 떨어진 자리를 자신의 길이라 여길 만큼 절박한 심정으로 방황했다.

그러나 그는 방황 속에서도 "죽는 날까지 하늘을 우러러/한 점 부끄럼이 없기를" 간절히 바랐다. 인간은 본성상 한 점 부끄럼도 없이 살 수 없지만, 윤동주는 가장 작은 흔들림에도 괴로워하며 자신을 성찰했다. "잎새에 이는 바람에도/나는 괴로워했다"는 고백은 유약함이 아니라, 그만큼 치열한 자기 점검과 겸손의 태도를 보여준다. 그래서 그는 다짐한다. "별을 노래하는 마음으로/모든 죽어 가는 것을 사랑해야지/그리고 나한테 주어진 길을/걸어가야겠다."

오늘밤에도 별은 바람에 스치운다. 고난의 바람에 흔들리며 더욱 빛나는 별처럼, 시인의 부끄러움과 괴로움은 우리에게 오래 남는 빛이 되었다. 스물여덟 짧은 생을 마쳤으나 윤동주의 별빛은 지금도 우리의 가슴속에 살아 있다.

윤동주(尹東柱, 아호: 해환(海煥), 세례명: 프란시스코)는 1917년 만주 간도성 명동촌에서 태어나 1945년 영면한 민족시인이다. 『하늘과 바람과 별과 시』를 비롯한 유고 작품으로 오늘날까지 깊은 울림을 전하고 있다.

종이배 라빈드라나트 타고르

날마다 날마다 종이배를 접어

하나씩 하나씩 흐르는 물 위에 띄워 보냅니다.

배에는 크고 검은 글씨로

내 이름과 내가 사는 마을 이름을 적어놓습니다.

낯선 나라의 어느 누군가 내 배를 발견하고

내가 누구인지 알아주기를 바라고 있습니다.

내 작은 배에는 우리 꽃밭에서 따온 슐리꽃을 가득히 싣고,

이 새벽의 꽃들이 밤의 나라로 무사히 실려 가기를 바랍니다.

종이배를 띄워놓고 하늘을 올려다보니

흰 돛을 펴고 가는 조각구름들이 보입니다.

하늘에 있는 내 또래의 어떤 친구가 내 배와 경주를 하려고

공중에다 구름 조각들을 띄워 보내는지 모르겠어요!

밤이 되면 나는 양팔에 얼굴을 묻고

내 종이배가 한밤중 별들 아래로 떠가고 떠가는 꿈을 꿉니다.

잠의 요정들이 종이배의 노를 젓고,

꿈으로 가득 찬 그네들의 광주리를 싣고 갑니다.

■출처: 『영원한 사랑의 기도』, 국학자료원(1996) (번역 부분 수정).

동심이 띄운 기원과 상상

"진실로 너희에게 이르노니 너희가 돌이켜 어린 아이들과 같이 되지 아니하면 결단코 천국에 들어가지 못하리라."(마태복음 18:3)

타고르의 「종이배」는 읽는 이의 마음에 자연스러운 미소를 번지게 한다. 시어와 행마다 스며 있는 천진스러움이 지친 마음을 풀어주고, 어린아이를 바라볼 때처럼 우리의 내면을 맑게 한다.

시 속의 아이는 날마다 종이배를 접어 물 위에 띄우고, 배에는 자기 이름을 크고 검은 글씨로 적어둔다. 그리고 꽃밭에서 딴 슐리꽃을 가득 싣는다. 누군가 자신을 알아주기를 바라는 마음, "새벽의 꽃들이 밤의 나라로 무사히 실려 가기를 바랍니다"라는 순수한 기원이 가슴을 뭉클하게 한다. '새벽'에서 '밤'으로 이어지는 시간은 하루의 흐름이면서 동시에 한 생애의 여정이다. 그 처음과 끝이 이토록 순수하고 아름다울 수 있다면 얼마나 복된 삶일까.

"물 위의 종이배"와 "하늘의 조각구름"이 또래 친구가 되어 경주하는 발상, "잠의 요정들이 종이배의 노를 젓"고 "꿈으로 가득 찬 광주리"를 싣고 간다는 상상은 아이의 마음으로만 도달할 수 있는 세계다. 이 세계 안에서 삶은 여전히 신비롭고, 희망으로 빛난다.

타고르는 말했다. "어쩌면 우리들의 잃어버린 어린이들은 신이 아직도 사람에게 절망하지 않았다는 메시지를 가지고 태어난다."

삶이 무겁게 느껴질 때는 이 종이배의 세계로 돌아가자. 잃어버린 동심을 어디서 찾을 수 있을까 염려하지 말자. 동심은 곧 시심이며, 시심은 언제나 우리의 마음속에 깃들어 있으니.

라빈드라나트 타고르(Rabīndranāth Tagore)는 1861년 인도 벵골주 캘커타에서 태어나 1941년 영면했다. '벵골 르네상스'의 중심 가문에서 성장했으며, 1878년 영국 유니버시티 칼리지에 입학했다가 1년 반 만에 중퇴하고 귀국했다. 1901년 산티니케탄에 학교를, 1912년 스리니케탄에 농업 공동체를 설립했으나 이후 가족의 연이은 사망과 재정난 등 여러 고난을 겪었다. 1910년 시집 『기탄잘리(Gī tāñ jalī)』를 출판하고, 영어판 『기탄잘리』는 시인 W. B. 예이츠의 서문과 함께 1912년 영국에서 간행되어 세계적 주목을 받았다. 1913년 아시아인 최초로 노벨문학상을 수상했으며, 1919년 암리차르 학살 사건에 항의하여 영국으로부터 받은 작위를 반납했다. 옥스퍼드대학교에서 명예 박사학위를 받았으며, 그가 작시·작곡한 「자나 가나 마나(Jana Gana Mana)」는 인도의 국가가 되었다. **시집**으로는 『초승달』, 『기탄잘리』, 『정원사』가 있다.

눈 속의 바다 건너 유안진

풀잎 하나에 가을이 내려와 주고

비누방울에도 무지개가 걸려 주는 이 땅에 태어나

병 되는 줄 알면서도 사랑을 하고

죽을 줄 알면서도 살아들 가는 중에 나도 끼여 있다

인생을 사느라 인생을 팔았고

시간을 아끼느라 시간을 낭비했던

열정은 수난의 맨발이었고

그리움은 눈먼 황홀이었다

여기를 보고 있어도 저기를 보는

뜬눈보다 멀리 보는 눈먼 큰 눈을

딱부리 사팔뜨기 사발눈이라고들 하지만

눈 속에 출렁이는 바다는 아무도 보지 못한다

밤마다 외눈등대에는 불이 켜지고

태풍이 불고 파도가 끓어 넘쳐 뒤집히기도 한다

나의 왕국은 여기 아닌 끓는 바다 건너 저기니까

나의 시대는 훗날 언제이니까

눈동자 너머의 저기로 가는 희망봉

새 우주 새 행성의 신대륙으로 가는 길

물길 외에는 다른 길이 없다

뜨거운 내 눈물, 그 외길 밖에는.

■출처: 시집 『거짓말로 참말하기』, 천년의 시작(2008).

'지금 여기'에서 '훗날 저기'를 향한 눈물의 항해

"신념은 보이지 않는 것을 믿는 것"이라 했다. "우리의 그리움은 착륙을 기대하고 그 해변을 향해 희망이라는 닻을 던진다"라는 아우구스티누스의 말처럼, 시인은 눈에 보이지 않는 세계를 향해 노래한다.

"풀잎 하나에도 가을이 내려와 주고/비누방울에도 무지개가 걸려 주는 이 땅에 태어나" 살아가면서, 그는 왜 이토록 출렁이는가. "인생을 사느라 인생을 팔았고/시간을 아끼느라 시간을 낭비했던" 역설 속에서, "열정은 수난의 맨발이었고/그리움은 눈먼 황홀이었다."

그러나 시인의 눈 속에는 아무도 보지 못하는 바다가 출렁인다. "밤마다 외눈등대에는 불이 켜지고/태풍이 불고 파도가 끓어 넘쳐 뒤집히기도 한다." 그럼에도 그는 외친다. "나의 왕국은 여기 아닌 끓는 바다 건너 저기니까/나의 시대는 훗날 언제이니까."

아우구스티누스는 말했다. "희망에게는 아름다운 두 딸이 있다. 그들의 이름은 분노와 용기다. 현실이 지금 모습 그대로인 것에 대한 분노, 그리고 현실을 마땅히 그래야 하는 모습으로 바꾸려는 용기." 물질은 풍요로워졌지만 존재와 당위 사이엔 모순과 부조화가 가득한 오늘, 시인은 "뜨거운 눈물"로 그 모순을 끌어안으며 눈 속의 바다를 건너간다.

그 "눈 속의 바다 건너"에는 '희망봉'과 '신대륙'이 있으리라. 또한 그런 시와 시인이 있기에 우리의 지금 여기는 그만큼 아름다워지는 것이리라.

유안진(柳岸津, 세례명: 클라라)은 1941년 경상북도 안동에서 태어났다. 서울대학교 사범대학 교육학과를 졸업하고 동 대학원에서 교육심리학 식사 힉위를, 미국 플로리다주립대학교 대학원에서 교육심리학 박사 학위를 받았다. 1967년 《현대문학》 지에 「달, 위로, 별」 등으로 3회 추천을 받아 등단했으며, 마산제일여중고와 대전호수돈여중고 교사, 한국교육개발원, 단국대학교, 서울대학교 교수 및 명예교수를 역임했다. 또한 한국문인협회 자문위원, 국제펜클럽 한국본부 및 한국시인협회 이사로 활동했으며, 정지용문학상, 소월시문학상 특별상, 월탄문학상, 한국펜문학상, 목월문학상, 구상문학상, 한국시인협회상 등을 수상했다. **시집**으로는 『달하』, 『절망시편』, 『물로 바람으로』, 『날개옷』, 『그리스도, 옛 애인』, 『달빛에 젖은 가락』, 『꿈꾸는 손금』, 『월령가 쑥대머리』, 『구름의 딸이요 바람의 연인이어라』, 『누이』, 『봄비 한 주머니』, 『다보탑을 줍다』, 『알고(考)』, 『둥근 세모꼴』, 『걸어서 에덴까지』, 『숙맥노트』 등이 있다.

울음이 타는 가을 강(江) 박재삼

마음도 한자리 못 앉아 있는 마음일 때,
친구의 서러운 사랑 이야기를
가을 햇볕으로나 동무 삼아 따라가면,
어느새 등성이에 이르러 눈물나고나.

제삿날 큰집에 모이는 불빛도 불빛이지만,
해질녘 울음이 타는 가을 江을 보것네.

저것 봐, 저것 봐,
네보담도 내보담도
그 기쁜 첫사랑 산골 물소리가 사라지고
그 다음 사랑 끝에 생긴 울음까지 녹아나고
이제는 미칠 일 하나로 바다에 다 와 가는
소리 죽은 가을 江을 처음 보것네.

■출처: 시집 『박재삼 시집』, 범우사(1989).

인생에 대한 새로운 발견의 탄성

이 시는 1연의 "친구의 서러운 사랑 이야기"에서 출발해, 2연의 "제삿날 큰집의 불빛"과 "해질녘 가을 강"의 대비, 그리고 3연의 탄성으로 마무리된다. 시인의 실제 동선을 따라 마음의 움직임이 점층적으로 고조되다가, 절정에서 탄성으로 끝맺으며 긴 여운을 남긴다.

화자는 '마음자리'를 정하지 못했을 때 "친구의 서러운 사랑 이야기"를 "가을 햇볕"에 기대어 따라간다. 이는 안심입명의 깨달음을 좇아 길을 나서는 불교 수행자를 떠올리게 한다. 서러운 사랑 이야기에 따스한 햇볕을 동무 삼는 것은 물과 불의 조화로, 울적한 정서를 누그러뜨리는 장치다.

2연에서 등장하는 "제삿날 큰집"은 시인의 실제 목적지이자, 인생의 종착지를 암시한다. 그러나 시인은 거기에 모인 불빛보다 "해질녘 울음이 타는 가을 강"을 더 기대한다. 그 기대는 1연에서 "등성이에 이르러 눈물난" 뒤에 이어져 정서의 고조와 의미의 심화를 이룬다.

3연에서 마침내 탄성이 터진다. "저것 봐, 저것 봐." 이는 자연의 지극한 아름다움에 대한 감탄이자, 인생에 대한 새로운 발견의 탄성이다. '네'와 '내' 사랑의 서러움을 넘어서는 자연의 사랑, 인생의 종착점조차 아름답게 다가온다는 깨달음이다.

인생이란 "친구의 사랑 이야기"처럼 서럽고 허무하기만 한 것이 아니다. 산골물이 바다에 이르기까지 굽이굽이 서러운 일이 많아도, 끝내 지극히 아름다운 순간을 간직하기에 그만큼 소중하다. 시인은 그 사실을 가을 강의 울음 속에서 새롭게 발견한다.

박재삼(朴在森)은 1933년 일본 도쿄에서 태어나 경상남도 삼천포에서 성장했으며, 1997년 영면했다. 삼천포고등학교를 졸업하고 고려대학교 국어국문학과를 중퇴했으며, 1955년 《문예》 지에 시조 「강물에서」가 추천되며 등단했다. 《60년대 사화집》 동인으로 활동했으며, 삼성출판사·현대문학사·대한일보사 기자와 월간바둑 편집장을 역임했다. 한국시인협회상, 노산문학상, 한국문학작가상, 중앙일보 시조대상, 평화문학상, 조연현문학상 등을 수상했으며, **시집**으로는 『춘향이 마음』, 『햇빛 속에서』, 『천년의 바람』, 『어린것들 옆에서』, 『뜨거운 달』, 『비 듣는 가을나무』, 『추억에서』, 『대관령 근처』, 『내 사랑은』, 『찬란한 미지수』, 『사랑이여』, 『해와 달의 궤적』, 『꽃은 푸른 빛을 피하고』가 있다.

옥수수라고 부르지 마 최문자

들판 옥수수밭에 나가

옥수수 하나 붙잡고

옥수수 하나 알 듯

나를 안다고

나를 옥수수라고 부르지 마

옥수수 헝클어진 술다발

서로 스쳐갈 때

스쳐간다고 해서

여러 겹 옥수수 마음이

우두둑 씹히지 않는 것처럼

저 시퍼런 밭에 나가 앉은

배고 또 배도 시원치 않은 자궁들

혼자 떨며 수태하는 자궁들

나도 옥수수도

모두 알 수 없는 슬픈 아이를 배고

시퍼렇게 크는 태아가 있어

들판

옥수수밭 옆에 차를 세우고

쉬운 이름 부르듯

나를 옥수수라고 부르지 마

옥수수 하나 붙잡고

큰 고통 지워버리고

그냥 옥수수라고 부르지 마

아무 소리 나지 않지만

수만 평에 있는 옥수수 그림자 속에

아직 나오지 않은 옥수수의 말이 살고 있어

■출처:《현대시학》, 2003년.

아직 나오지 않은 가능성의 언어

누군가 나를 조금 안다고 다 아는 듯 규정할 때마다 하고 싶은 말이 있다. "내가 나를 모르는데 넌들 어찌 알겠느냐?" 사실 우리는 자기 자신조차 온전히 알지 못한다. 의식 차원의 '나'는 부분적으로 파악할 수 있지만, 무의식 차원의 나는 거의 알 수 없다는 것이 심리학의 정설이다. 프로이트가 이를 '빙산의 일각'에, 융이 '대양의 섬'에 비유한 것도 같은 맥락이다.

융이 말한 '개성화'는 이미 아리스토텔레스가 제시한 합목적적 세계관을 계승한 개념이다. 모든 유기체는 삶의 목적과 가능성을 내재하고, 스스로 발달해가며 그것을 실현한다. 도토리 안에 이미 도토리나무의 형상이 들어 있듯, 존재는 자신의 잠재를 실현하려는 힘을 안고 있다.

시인은 '그림자'에 주목한다. "수만 평에 있는 옥수수 그림자 속에/아직 나오지 않은 옥수수의 말"은, 그의 그림자 속에 잠재된 가능성의 은유다. 그것은 고통 속에서 자라나는 말이며, "슬픈 아이"와 "시퍼렇게 크는 태아"의 형상으로 드러난다. "혼자 떨며 수태하는 자궁들"처럼, 시인의 원형적 자아는 자기실현을 향한 고통스러운 생성의 과정을 간파하고 있다.

그렇다면 우리는 어떻게 자기 안의 가능성을 실현할 수 있을까. 심리학자들은 분석을 통해 무의식을 의식화한다고 말한다. 그러나 글쓰기도 그 길이 될 수 있다. 현실의 자극이 무의식을 흔들 때, 문학은 내면을 열어젖힌다. 글을 쓰는 순간, "그림자 속에 살고 있는 아직 나오지 않은 옥수수의 말"은 드러나고, 우리는 그 말을 통해 진정한 나와 마주하게 된다.

최문자(崔文子)는 1943년 서울에서 태어난 시인으로, 1982년 《현대문학》에 등단한 이후 꾸준한 창작과 문학 교육에 헌신해 왔다. **주요 시집**으로는 『파의 목소리』, 『그녀는 믿는 버릇이 있다』, 『해바라기밭의 리토르넬로』 등이 있다.

도토리 두 알 _{박노해}

산길에서 주워든 도토리 두 알

한 알은 작고 보잘것없는 도토리

한 알은 크고 윤나는 도토리

나는 손바닥의 도토리 두 알을 바라본다

너희도 필사적으로 경쟁했는가

내가 더 크고 더 빛나는 존재라고

땅바닥에 떨어질 때까지 싸웠는가

진정 무엇이 더 중요한가

크고 윤나는 도토리가 되는 것은

청설모나 멧돼지에게나 중요한 일*

삶에서 훨씬 더 중요한 건 참나무가 되는 것

나는 작고 보잘것없는 도토리를

멀리 빈 숲으로 힘껏 던져주었다

울지 마라, 너는 묻혀서 참나무가 되리니

* 헨리 데이빗 소로우 Henry David Thoreau에게서 따옴.

■출처: 시집 『그러니 그대 사라지지 말아라』, 느린걸음(2010).

경쟁보다 중요한 건 참나무가 되는 것

공자는 제자들에게 "시는 흥을 돋우고, 사물을 관찰하게 하며, 모여 어울릴 수 있게 하며, 원망을 풀어내게 한다"고 가르쳤다. 시는 단순한 취미나 지식이 아니라, 사람답게 살고 세상을 바르게 세우는 길이었다. 훌륭한 사상가와 시인은 시 속에서 인생의 이치를 발견하고, 자연 속에서 삶의 지혜를 길어 올렸다. 소로우가 자연 속에서 단순히 살며 잃어버린 야성(野性)과 신성(神性)을 회복해야 한다고 말한 것도 같은 맥락이다.

이 시에서 시인은 "산길에서 주워든 도토리 두 알"을 바라본다. "한 알은 작고 보잘것없는 도토리/한 알은 크고 윤나는 도토리"다. 그는 묻는다. "너희도 필사적으로 경쟁했는가?" 그러나 어느 한쪽을 편들기보다 "진정 무엇이 더 중요한가?"를 다시 묻는다. 이는 단순히 약자에 대한 연민이나 투쟁의 조장이 아니라, 모두에게 보편적인 삶의 가치와 의미를 찾고자 하는 시인의 내적 물음이다.

그의 시선은 끝내 '작고 보잘것없는 도토리'에 머문다. 시인은 그것을 숲속 먼 곳에 던져주며 말한다. "울지 마라, 너는 묻혀서 참나무가 되리니." 보잘것없어 보여도, 진정한 생명의 길은 경쟁과 비교가 아니라 자기 가능성을 온전히 실현하는 데 있다. 결국 "삶에서 훨씬 더 중요한 건 참나무가 되는 것"이다.

'도토리 두 알'은 우리에게 묻는다. 우리는 크고 윤이 나는 삶을 좇고 있는가, 아니면 참나무가 되려는 길을 걷고 있는가. 삶의 진정한 가치는 결국 참나무로 자라나는 일에 있음을, 시는 일깨워준다.

박노해(朴勞解, 본명: 박기평(朴基平))는 1957년 전라남도 함평군에서 태어났다. 선린상업고등학교 야간부를 졸업하고, 1983년 《시와 경제》 지에 「시다의 꿈」을 발표하면서 등단했다. 1984년 첫 시집 『노동의 새벽』을 출간했으나 5공 정권에 의해 금서로 지정되었고, 1985년에는 정치인 김문수, 심상정과 함께 '서울노동운동연합'(서노련) 창립 중앙위원으로 활동했다. 1989년 '남한사회주의노동자동맹'(사노맹)을 결성하고 underground 운동을 이어가다 1991년 체포되어 국가보안법 위반으로 사형을 구형받고 무기징역을 선고받았다. 이후 1998년 김대중 대통령 특별사면으로 7년 6개월 만에 출소하였고, 민주화운동 유공자로 복권되었으나 국가보상은 거부했다. 2000년 사회운동단체 '나눔문화(www.nanum.com)'를 설립하고, 2003년부터 이라크 전쟁터를 비롯한 분쟁 현장을 직접 취재하며 반전 평화운동과 사진작가 활동을 병행하고 있다. 현재 '라 카페 갤러리'에서 상설 사진전을 열며 삶의 메시지를 공유하고 있으며, **시집**으로는 『노동의 새벽』, 『참된 시작』, 『그러니 그대 사라지지 말아라』가 있다.

썩음에 대하여 이향아

우리는 손을 잡고 안부를 물었다.

남편과 자식들과 지난 세월을

'나는 집에서 썩어'

친구는 말했고 나는 갑자기 추웠다.

우리 반 반장이었고 일류대학을 수석으로 졸업한

친구가 '썩는다'고 말하는 동안

그날사 저녁노을은 미치게 타올라

그녀의 둥근 이마 위로 미끄러지고

나는 갑자기

썩는 냄새로 진동하는 세상을 보았다.

김치는 냉장고 안에서 시시각각 익어가고

아침에 먹은 밥은 창자 속에서 으깨어지고

어두운 극지 이름 모를 곳에서 물고기들이 떼죽음하는

진실한 생명 중 썩지 않는 것이 있으랴.

썩는다는 것은 숨는다는 것일 뿐,

아, 썩는다는 것은 흐른다는 것일 뿐,

흘러서 잊힌다는 것일 뿐

몸 구석구석 피가 잘 돌아서

나도 탈없이 썩고 있는 중

나도 시시각각 잘 삭고 있는 중

■출처: 시집 『종이등 켜진 문간』, 문학세계사(1997).

썩어야 피어나는 것들

"진실한 생명 중 썩지 않는 것이 있으랴." 이 구절은 우리에게 되묻는다. 과연 썩음 속에는 잃어버림만 있는가, 아니면 거기서 되살아나는 것이 있는가.

시 속 화자는 친구의 "나는 집에서 썩어"라는 말을 듣고 "갑자기 추웠다." 잘나가던 친구의 뜻밖의 고백은 화자에게 충격을 주었고, 삶의 허무를 직면하게 했다. 그러나 그 허무 속에서 시인은 더 큰 깨달음에 이른다. 모든 생명은 썩으며, 그 썩음 속에 새로운 가능성이 깃들어 있다는 사실이다.

썩음은 단순한 소멸이 아니라 순환이다. 땅에 떨어진 밀알이 죽어야 많은 열매를 맺듯, 한 존재의 소멸은 다른 존재의 탄생을 낳는다. 썩는 과정이 없다면 세상은 황무지가 되고, 성장과 변화도 있을 수 없다. 그러므로 더 큰 삶을 위해서도 우리는 썩어야 한다.

하루가 저물어야 새날이 밝고, 해가 떨어져야 다시 떠오른다. 낙엽이 썩어야 새싹이 돋는다. 시는 말한다. "썩는다는 것은 숨는다는 것일 뿐,/… 흐른다는 것일 뿐". 저물고 썩어가는 것들 덕분에 우리는 새것을 맞을 수 있다. 썩음은 끝이 아니라, 새로운 시작의 조건이다.

새 희망은 썩음을 통과해 온다. 그러니 우리 또한 기꺼이 썩어야 한다. 이제 곧 새해가 밝아오고, 머지않아 작년 푹 썩은 고엽들의 부식토에서 파릇한 새싹들이 돋으리라. 그리고 더욱 건강하고 아름다운 꽃이 피어나리라.

이향아(李鄕莪, 본명: 영희(英姬))는 1938년 충청남도 서천군에서 태어났다. 경희대학교 국어국문학과를 졸업하고 동 대학원에서 문학박사 학위를 받았으며, 1966년 《현대문학》에 「가을은」·「설경」·「찻잔」이 추천 완료되며 등단했다. 1980년 유안진, 신달자와 함께 《문채(文彩)》 동인을 결성했고, 이후 《원탁시》·《기픈시》·《시누대》 등 여러 동인 활동에 참여했다. 전주기술전문여고와 서울영등포여고에서 교사로 재직했으며, 호남대학교 국어국문학과 교수와 한국사이버대학교 초빙교수를 역임했다. 또한 한국시인협회 심의위원, 한국여성문학인회·한국현대시인협회·펜클럽한국본부 이사로도 활동했다. 경희문학상, 시문학상, 전라남도문화상, 광주문학상, 윤동주문학상, 한국문학상, 미당시맥상 등을 수상했으며, **시집**으로는 『황제(皇帝)여』, 『눈을 뜨는 연습』, 『어디서 누가 실로폰을 두드리는가』, 『오래된 슬픔 하나』, 『안개 속에서』 등이 있다.

아버지의 그늘 신경림

툭하면 아버지는 오밤중에

취해서 널브러진 색시를 업고 들어왔다,

어머니는 입을 꾹 다문 채 술국을 끓이고

할머니는 집안이 망했다고 종주먹질을 해댔지만,

며칠이고 집에서 빠져나가지 않는

값싼 향수내가 나는 싫었다

아버지는 종종 장바닥에서

품삯을 못 받은 광부들한테 멱살을 잡히기도 하고,

그들과 어울려 핫바지춤을 추기도 했다,

빚 받으러 와 사랑방에 죽치고 앉아 내게

술과 담배 심부름을 시키는 화약장수도 있었다.

아버지를 증오하면서 나는 자랐다,

아버지가 하는 일은 결코 하지 않겠노라고

이것이 내 평생의 좌우명이 되었다,

나는 빚을 질 일을 하지 않았다,

취한 색시를 업고 다니지 않았고,

노름으로 밤을 지새지 않았다,

아버지는 이런 아들이 오히려 장하다 했고

나는 기고만장했다, 그리고 이제 나도

아버지가 중풍으로 쓰러진 나이를 넘었지만,
나는 내가 잘못했다고 생각한 일이 없다,
일생을 아들의 반면교사로 산 아버지를
가엾다고 생각한 일도 없다, 그래서
나는 늘 당당하고 떳떳했는데 문득
거울을 쳐다보다가 놀란다, 나는 간 곳이 없고
나약하고 소심해진 아버지만이 있어서,
취한 색시를 안고 대낮에 거리를 활보하고,
호기 있게 광산에서 돈을 뿌리던 아버지 대신,
그 거울 속에는 인사동에서도 종로에서도
제대로 기 한번 못 펴고 큰 소리 한번 못 치는
늙고 초라한 아버지만이 있다.

■출처: 시집 『어머니와 할머니의 실루엣』, 창비(1998).

거울 속의 아버지와 나는 하나의 얼굴

아버지에 대한 글을 쓰다가 이 시를 떠올렸다. 내 마음속에서 옅어지지 않던 그늘, 돌아가실 때까지도 원망이 남아 있던 아버지였다. 그러나 어느 소설가의 말처럼 죽음 이후에도 화해의 작업은 계속되는 법이다. 아버지에 관한 글을 완성하지 못한 채 오래 품고 있으면서, 그를 이해해 보려 애쓰던 기억이 있다. 그 과정에서 타인의 삶을 유심히 바라보는 동안 내 마음도 조금씩 달라졌다. 그리고 오늘, 문득 이 시를 다시 읽으며 전에는 느끼지 못했던 평화를 얻는다.

시인은 아버지를 미워하며 자랐다. "아버지가 하는 일은 결코 하지 않겠노라고", 아버지처럼 되지 않는 것을 "평생의 좌우명"으로 삼았다. 아들의 '반면교사'였던 아버지의 다른 반면이 되기 위해 그는 얼마나 노심초사했을까. 그러나 존재의 그늘은 누구도 비껴갈 수 없다. 빛만 있는 존재는 허상일 뿐이고, 그늘만 있는 존재도 없다. 빛과 그늘이 함께할 때 비로소 삶은 입체로 드러난다.

시인은 어느 날 "문득 거울을 쳐다보다가 놀"란다. 그 거울 속에는 "늘 당당하고 떳떳했"던 나는 사라지고, "나약하고 소심해진 아버지"만이 있기 때문이다. 그제야 그는 아버지에 대한 증오를 비로소 내려놓는다. 젊은 날 "호기 있게" 허튼짓을 일삼던 아버지와, 모범적이라고 "기고만장했"던 자신은 다르지 않았다. 상반되던 두 모습이 마침내 '늙고 초라한 아버지'라는 하나의 얼굴로 포개진 것이다. 빛과 그늘이 만난 자리, 그것은 부자 간의 화해였다.

　나는 오랫동안 이 시를 깊이 읽지 못했다. 마음의 눈이 늘 외면했기 때문이다. 그 속에 내 '아버지의 그늘'이 비쳐 보였기 때문일지도 모른다. 그러나 오늘 다시 읽으며 조금은 더 깊은 이해에 닿는다. 신경림의 시는 빛과 그늘이 서로를 비추는 공명의 자리에 서 있다. 시인이라는 이름 안에 아버지의 그늘을 품고 살아간 그의 시는, 지금도 우리에게 화해와 성찰의 길을 열어주고 있다.

신경림(申庚林, 본명: 응식(應植))은 1936년 충청북도 충주에서 태어나 2024년 영면했다. 충주고등학교와 동국대학교 영어영문학과를 졸업했으며, 1956년《문학예술》에 「갈대」·「낮달」·「석상」 등이 추천되어 등단했다. 초등학교 교사로 일했고, 이후 잡지사와 출판사에서 근무했으며, 동국대학교 석좌교수를 역임했다. 단재문학상, 대산문학상, 이산문학상, 공초문학상, 만해문학상, 한국문학작가상을 수상했고, 은관문화훈장을 수훈했다. **시집**으로는 『농무』, 『새재』, 『달 넘세』, 『남한강』, 『가난한 사랑노래』, 『길』, 『쓰러진 자의 꿈』, 『어머니와 할머니의 실루엣』, 『목계장터』, 『불』, 『신경림 시전집』, 『낙타』가 있다.

십일월 박영근

■출처: 시집 『지금도 그 별은 눈뜨는가』, (창비, 1997).

나 또한 십일월의 저 바람 속으로 무거운 몸을 부리고 싶다

바람은
나무들이 끊임없이 떨구는 옛기억들을 받아
저렇게 또다른 길을 만들고
홀로 깊어질 만큼 깊어져
다른 이름으로 떠돌고 있는 우리들 그 헛된 아우성을
쓸어주는구나

혼자 걷는 길이 우리의 육신을 마르게 하는 동안
떨어질 한 잎살의 슬픔도 없이
바람 속으로 몸통과 가지를 치켜든 나무들

마음 속에 일렁이는 殘燈이여
누구를 불러야 하리
부디
깊어져라
삶이 더 헐벗은 날들을 받아들일 때까지

십일월의 바람 속에서 혼자 걷기

11월은 조락(凋落)의 달이다. 바람이 불면 나무들은 우수수 잎을 떨군다. 봄부터 가을까지 한 몸처럼 붙어 있던 잎들도 해의 끝자락인 11월에 이르면 모두 떨어져 뿔뿔이 흩어진다. 그 모습은 공동체에서 저마다의 길로 흩어져 나가는 사람들을 닮았다. 그러나 나무에게는 낡은 것을 털어내고 새로운 시작을 준비하는 기회가 된다. 11월은 빈 몸으로 서서 "혼자 걷는" 사람들의 시간이다.

시인은 "십일월의 저 바람 속으로 무거운 몸을 부리고 싶다"고 노래한다. 낙엽을 '옛기억들'이라 부르며, 바람에 휩쓸리는 그것들을 "홀로 ···/다른 이름으로 떠돌고 있는 우리들"이라고 한다. 그러나 이 바람은 단순한 소멸이 아니라, "그 헛된 아우성을 쓸어주는" 힘이다. 시인에게 바람은 시련을 받아들여 새로운 길을 열어주는 정화의 이미지다.

이는 "혼자 걷는 길이/우리의 육신을 마르게 하는 동안"과 "떨어질 한 잎살의 슬픔도 없이/바람 속으로 몸통과 가지를 치켜든 나무들"의 대비에서 선명하다. 나무는 고통을 안으로 끌어안으며 더 큰 생명의 힘으로 선다. 시인은 외로움과 고난을 통해 영원에 닿으려는 태도를 보여준다.

이러한 자세는 그가 노동자 시인으로 살아왔다는 사실과도 맞물린다. 그러나 그의 시선은 유물론의 틀을 넘어선다. 나무가 시련을 통해 성장하듯, 그는 시를 통해 고난을 영성의 길로 바꾸어 낸다. 그래서 시인의 노래 속 나무는 단순한 자연물이 아니라 영혼을 일깨우는 설교자가 된다.

"나무는 늘 내게 가장 감명을 주는 설교자였다. … 그들은 마치 고독한 사람들과 같다. 시련 때문에 세상을 등진 사람들이 아니라 위대하기에 고독한 사람들 말이다, 마치 베토벤이나 니체처럼. … 나무는 성소(聖所)이다. 나무와 얘기하고 그 말에 귀 기울일 줄 아는 사람은 진리를 배운다."

— 헤르만 헤세, 「나무들」

박영근(朴永根)은 1958년 전라북도 부안에서 태어나 2006년 영면했다. 전주고등학교를 졸업하고, 1981년 《반시(反詩)》에 「수유리에서」 등을 발표하며 등단했다. 같은 해 《말과 힘》 동인지를 발간했고, 1984년 《민중문화운동협의회》 및 《자유실천문인협의회》 창립회원으로 참여했다. 구로3공단 등지에서 노동자로 일하며 현장에서 시를 쓰기 시작했으며, '대한민국 최초의 노동자 시인'으로 불리며 민중시의 대표적 존재가 되었다. 민중문화운동연합 회원, 민족문학작가회의 인천지회 부회장, 인천민예총 사무국장 및 부지회장, 민족문학작가회의 시분과위원장과 이사를 역임했다. 신동엽창작기금과 백석문학상을 수상했으며, **시집**으로는 『취업공고판 앞에서』, 『대열』, 『김미순 전(傳)』, 『지금도 그 별은 눈뜨는가』, 『저 꽃이 불편하다』, 『오늘, 나는 시의 숲길을 걷는다』, 『별자리에 누워 흘러가다』, 『솔아푸른솔아』가 있다.

마음 김광섭

나의 마음은 고요한 물결
바람이 불어도 흔들리고
구름이 지나가도 그림자 지는 곳

돌을 던지는 사람
고기를 낚는 사람
노래를 부르는 사람

이리하여 이 물가 외로운 밤이면
별은 고요히 물 위에 뜨고
숲은 말없이 물결을 재우느니

행여, 백조가 오는 날
이 물가 어지러울까
나는 밤마다 꿈을 덮노라.

■출처: 시선집 『겨울날』, 창작과비평사(1975).

고요한 물결의 마음으로

시경의 서문에서 주희는 사람의 본성은 본래 고요하지만, 사물에 감응되면 욕망이 발동된다고 하였다. 또한 "시는 마음이 사물에 감동되어 언어의 여운이 자연스럽게 형용되는 것이다"라고 했다. 이 시의 첫 행에서 시인은 "나의 마음은 고요한 물결"이라 노래한다. 고요하지만 바람이 불면 흔들리고, 구름이 지나가면 그림자를 드리우는 물결은 곧 마음의 본성과 그것의 움직임을 드러낸다. 시인은 은유를 통해 그 섬세한 결을 표현한다.

은유는 사물의 모습을 유사한 다른 것으로 비추어 드러냄으로써 독자가 더욱 생생히 이해하도록 돕는다. 동시에 그것은 깨닫고 새로워질 여지를 남겨준다. 그래서 성경은 "비유가 아니면 아무것도 말씀하지 않으셨다"(마태복음 13:34)고 전하고, 주희는 시를 다스림과 반성, 권면과 교육의 도구로 보았다.

시인의 마음에 "돌을 던지는 사람", "고기를 낚는 사람", "노래를 부르는 사람"은 누구일까. 외로움 속에서 기다리는 '백조'는 무엇일까. 그것이 나타나기를 바라며 "밤마다 꿈을 덮"는 시인의 간구를 헤아리며, 나 또한 내 마음을 다스려본다.

진정 "외로운 밤"은 천성의 고요한 성품으로 돌아가는 시간이다. 사람에게는 낮의 소란을 벗어나 홀로 있는 밤의 시간이 반드시 필요하다. 그럴 때 우리는 비로소 본성의 자리에서 자연과 하나 되어

교감하게 된다. 시인은 이렇게 노래한다. "별은 고요히 물 위에 뜨고/숲은 말없이 물결을 재우느니."

김광섭(金珖燮, 아호: 이산(怡山))은 1905년 함경북도 경성에서 태어나 1977년 영면했다. 중동학교와 와세다대학교 영문과를 졸업하고, 1927년 와세다대학 내 조선인 동창회지 『알』에 「모기장」을 발표했으며, 1935년 《시원》에 「고독」·「고뇌」 등을 발표하며 본격적으로 등단했다. 중동학교 교사, 민중일보 편집국장, 미군정청 공무국장, 이승만 대통령의 초대 공보비서관, 대한신문 사장, 경희대학교 교수, 국제펜클럽 한국본부 중앙위원, 한국자유문학자협회 회장, 세계일보 사장 등을 역임했다. 이헌구와 함께 '해외문학파'로 불리며, '극예술연구회'에도 참여했고, 문예지 《문학》과 《자유문학》을 발행했다. 서울시문화상, 대한민국문화예술상, 국민훈장 모란장을 수상 및 수훈했으며, **시집**으로는 『동경(憧憬)』, 『마음』, 『해바라기』, 『성북동 비둘기』, 『반응』, 『김광섭 시 전집』, 『겨울날』이 있다.

일기 허세욱

내가 새 책을 사고
새 책 갈피에다
모월 모시 어디서 샀노라
기록하면, 그것은 낙서가 아니라
영원에 등기하는 일이다.

내가 오늘 청산에 올라
매봉까지 뚜벅뚜벅
층계 밟는 것을
기록하면, 나의 오늘은
일기에 살아남는다.

그 날들은
예의 썰물이 아니라
책갈피와 일기에 남아
내가 쓸모없이 허전할 때
나를 거듭나게 한다.

■ 출처: 시선집 『산이 누워버린 까닭은』, 시문학사(2008).

하루를 영원에 등기하는 글

"이 일기는 남에게 읽히기 위해 쓴 것이 아니라 내 마음을 진정시키고 추억의 실마리로 삼기 위해 쓴 것이다. 일기에 쓴 글들은 내 과거가 걸어왔던 길이며, 나는 이곳에 십자가와 돌로 쌓은 내 묘비와 연록색 이파리, 그리고 하얀 자갈을 깔아놓았다. 내가 길을 잃었을 때 다시 찾기 위해서다."

이는 19세기 스위스의 철학교수 앙리 프레데릭 아미엘이 18세부터 60세까지 평생 써온 1만 7천 페이지에 이르는 『아미엘 일기』의 서문이다. 그의 사후에 발간된 이 방대한 기록은 개인의 고뇌와 성찰을 넘어 인간과 역사에 대한 성찰로 읽히며, 일기문학의 금자탑으로 자리매김했다. 『안네의 일기』, 이순신의 『난중일기』, 박지원의 『열하일기』, 톨스토이의 『비밀일기』 등 지극히 개인적인 기록이 인류 문화의 유산으로 남은 사례는 숱하다.

허세욱 시인의 일기도 그러했을까. 단언할 수는 없지만, 중문학자이자 시인이자 수필가였던 그가 남긴 번역서와 저작, 수필집과 시집들은 이미 삶의 발자취로 남아 "영원에 등기"된 것은 분명하다. 일기든 문학작품이든, 글쓰기는 우리로 하여금 '썰물' 같은 허무를 딛고 일어나, 삶을 '거듭나게' 하는 힘이 된다.

아미엘은 말했다. "일기는 고독한 사람의 정신적 친구이고, 위로의 손길이며, 의사이기도 하다."

　허세욱의 시는 바로 그 말을 증언한다. 하루의 작은 기록조차도 결국은 영원의 자리로 건너가 우리를 새롭게 일으켜 세우는 힘이 된다고.

허세욱(許世旭)은 1934년 전라북도 임실에서 태어나 2010년 영면했다. 한국외국어대학교 중국어과를 졸업하고, 대만 국립사범대학교 대학원에서 석사 및 중국문학 박사 학위를 받았다. 1956년 《자유문학사》 전국대학생 시 콩쿨대회에 「레일의 대화」가 당선되며 주목을 받았고, 1961년 자유중국의 《현대문학》 지에 중문시 「명자(名字)」·「원(願)」을 발표했으며, 1969년 시집 『청막』을 펴내며 본격적으로 등단했다. 중국어문연구회 및 중국현대문학회 회장을 역임했고, 한국외국어대학교 동양어대학장과 고려대학교 명예교수로 재직했다. 현대수필문학상, 임실문학대상, 자랑스런 외대인상, 제1회 조경희수필문학상을 수상했으며, **시집**으로는 『청막(靑幕)』, 『땅 밑으로 흐르는 강』, 『설화부』(중국어시집), 『바람이 멎는 곳』, 『산이 누워버린 까닭은』이 있다.

하늘거울 하순명

떡갈나무 어깨 틈새로

눈이 파랗게 물든다

하늘명경 속에 고이는 차가운 빛

빛의 말씀이 걸어 나온다

티 한 점 없는 저 쪽빛에

마음을 비춰본다

마침내 우리는

하늘의 거울이 된다

■출처: 시집 『물의 입, 바람의 입』, 문학아카데미(2022).

시, 하늘의 거울이 되다

어쩐지 기분 좋아지는 시다. 시구와 시구 사이, 언어의 행간이 거울처럼 맑고 깊다. 자신을 다 비워낸 떡갈나무 앙상한 어깨 사이로 하늘명경이 비치고, 그 틈새에서 "빛의 말씀이 걸어 나오"듯, 잔잎을 비워낸 시의 "어깨 틈새"로 하늘이 얼비치며 말씀이 번져 나온다.

그 하늘과 그 시에 내 마음을 비춰본다. 덜어내야 할 잔잎이 너무 무성하고, 닦아내야 할 티가 너무 많다. 그래서 마지막 행의 비약, "마침내 우리는 하늘의 거울이 된다"는 선언이 아득히 멀게 느껴진다.

여기에서 파스칼의 말을 떠올린다.
"인간은 모든 자연 중 가장 허약한 갈대가 아니라 생각하는 갈대다. 공간과 함께 우주는 나를 이해하고 한 점으로서 나를 삼킨다. 이 무한한 공간의 영원한 침묵은 나를 두렵게 한다. 인간은 무한으로 인간을 능가한다는 것을 알아라."

사람은 언젠가 하늘을 닮아 갈 수 있으리라. '우주의 한 점'이 되어 감히 '하늘의 거울'이 될 수 있으리라. 두려움 속에서도 소망해 봄 직한 빛의 말씀이다.

거울이란 티가 없어야 대상을 맑게 비출 수 있듯이, 우리 마음에도 티끌이 없어야 타인을 맑게 비춰 줄 수 있다. 흔히 사람은 자기 마음의 티를 투사하여 남을 판단한다. 그러나 "티 한 점 없는 저 쪽 빛에/마음을 비춰본" 이, 곧 끊임없이 자기 성찰을 통해 아상(我相)과 아만(我慢)을 매일 같이 죽이는 이는 맑은 거울이 될 수 있을 것이다. 그것은 하늘을 향한 자기실현, 진리 안에서의 자기초월이다.

그러나 그 길은 너무도 멀고 아득하다. 그러므로 우리는 나무처럼 천천히 자라갈 수밖에 없다. 하늘 아래 겸손히 서서 은총과 고난을 통해 나이테를 키우고, 때로는 자신을 아낌없이 내어주며, 마침내는 자신을 온전히 비워 타인과 하늘을 들일 줄 아는 사람. 그때에야 우리도 명경, 모두를 비춰 주는 "하늘의 거울"이 될 수 있으리라.

하순명(河順明)은 1948년 전라남도 진도에서 태어났다. 광주교육대학교, 상명여자사범대학교, 중앙대학교 교육대학원 국어교육과를 졸업했으며, 1997년 《교단문학》과 1998년 《문예사조》를 통해 등단했다. 서울시교육청 중등학교 교사로 정년퇴직했고, 한국공무원문인협회 회장을 역임했으며, 현재 한국문인협회 및 국제펜클럽한국본부 이사로 활동 중이다. 한국시문학상, 한국문협 서울시문학상, 진도명량문학상, 공무원문학상, 세계문학상, 허난설헌문학상, 서초문학상, 광주교육대학교 자랑스러운 동문상, 제40회 PEN문학상을 수상했으며, **시집**으로는 『밤새도록 아침이 와도』, 『나무가 되다』, 『산도(山島)』, 『그늘에도 냄새가 있다』, 『물의 입, 바람의 입』이 있다.

감잎 엽서 임미옥

감잎 낙엽 한 장
벤치에 앉아 쉬고 있다.

귀퉁이가 움푹 벌레에 갉혔고
골 붉은 다홍에 드문드문 카키색
돌아가야 할 줄 알면서도 나섰다가
서너 군데 된바람에 할퀸 상처를 지녔다.

바람보다 멀리 떠나고 싶었으며
햇볕만큼 따사롭게 머무르길 원했으나
바람에게 무심과 체념을 배웠고
햇볕에 사랑과 감사를 익혔다.

모순을 끌어안고 살아온
치열한 불꽃이 한 장
먼 길에 가쁜 숨을 고르고 있다.

〉

바람과 햇볕을 사모했던 시인이

적갈색 코트를 걸친 채

마지막 시상(詩想)을 고르고 있다.

■출처: 시집 『눈의 나라 설화』, 문학사계(2016).

바람과 햇볕에 익어가는 마음 한 장

　인생이란 '먼 길'을 가는 긴 여행이다. 출발할 때 풋풋하던 감잎이 '햇볕'과 '바람'을 통해 자라고 물들어 떨어지듯, 우리도 '자유'와 '사랑'의 이율배반 속에서 성장하고 익어간다. 시인은 또 "돌아가야 할 줄 알면서도 나섰다"고 말한다. 집으로 돌아가야 할 여행길이요, 흙으로 돌아가야 할 목숨이기 때문이다.

　관계 속에서 우리는 "벌레에 갉히"기도 하고 "된바람에 할퀸 상처"를 얻기도 한다. "바람보다 멀리 떠나" 자유롭고자 하면 머무를 수 없고, "햇볕만큼 따사롭게 머무르"고자 하면 자유를 방해받는다. 그러나 그 갈등과 마찰이야말로 불꽃을 일으켜 인생을 물들이는 힘이다. "골 붉은 다홍에 드문드문 카키색" '감잎'처럼 물든 시인은 그 속에서 "무심과 체념을 배웠고" "사랑과 감사를 익혔다." 자유의 한계와 사랑의 고마움을 아는 지점에 이른 것이다. 그러나 여전히 "마지막 시상"은 남아 있다.

　"모순을 끌어안고 살아온/치열한 불꽃 한 장"이라는 감잎은 시인의 모습이자 인간의 초상이다. 잠시 "벤치에 앉아 쉬"면서 "먼 길에 가쁜 숨을 고르"는 모습조차 닮았다. 사람은 누구나 한 장의 나뭇잎. 근원의 나무에 매달려 자라다가 어느 순간 떨어진다. 그러나 떨어짐이 끝은 아니다. 그 뒤에도 무언가 남는다. 그럴 때 시상(詩想)은 더 깊어진다.

감잎은 '햇볕'에 달아오르고 '바람'에 흔들리며 영양을 실어 나르다가, 마침내 감을 익혀내는 일을 완수한다. 누군가의 입에 맛과 영양을 건네고, 이제는 낙엽이 되어 "벤치에 앉아 쉬고 있"는 것이다. 시인은 그 감잎을 엽서 삼아, 먼 길의 안부를 적는다. 짧은 엽서에 자신의 긴 이야기를 담듯, 하늘이 시인에게 보내온 것도 한 장의 "감잎 엽서"일 것이다.

감잎을 바라보던 시인의 눈길은 어느새 우리에게로도 건너온다. 인생 여행길에서 지금 어디쯤 머물고 있는지, 혹은 어디로 향하고 있는지 묻듯 다가온다. 머무는 이라면 그 자리에서, 떠나는 이라면 그 길에서 잠시 멈추어 주변을 돌아보라고 권한다. 그럴 때 발치에 감잎 엽서 한 장이 떨어져 있을지 모른다. 그것을 오래된 친구의 안부처럼 받아 읽고, 답장이라도 띄워보면 어떨까. 그 짧은 엽서 한 장에, 우리가 걸어온 길과 남은 시간을 담아낼 수 있을 것이다.

임미옥(林美玉, 세례명: 마리아)은 1960년 전라남도 진도에서 태어나 광주에서 성장했다. 전남여자고등학교와 전남대학교 불어불문학과를 졸업하고, 나사렛대학교 재활복지대학원에서 문학치료학 석사 학위를 받았다. 1998년 월간 《시문학》에 「사과 깎는 법(法)」 외 4편이 당선되어 등단했으며, 계간 《문학사계》 편집장을 역임했다. 2013년부터 용산 아이파크문화센터에서 시·수필 창작 강의를 진행하며 글쓰기 공동체를 운영해 왔다. 현재 '나를 쓰는 글쓰기 – 통합 창작 여정'을 이끌며, 존재의 깊이를 문학으로 길어내는 창작과 치유의 길을 동반하고 있다. 가톨릭영성심리상담사이자 문학치료사로도 활동 중이다. 제8회 한송문학상을 수상했으며, **시집**으로 『사과 깎기』, 『첼로꽃』, 『눈의 나라 설화』가 있고, 시 해설 시리즈 『임미옥의 시적 동행』을 펴내고 있다.

창호 풍경 ^{김상화}

찬 서리 마다않고
기다린 세월 몸속에 새기며
눈 오는 새벽녘
번한 창호지 속
환히 밝힌 호롱불 그림자

가을볕 한 움큼
문살 먼지 털어내며
창호지로 새 옷 입히는 날
서리 맞은 노을빛 들국화
시나브로 가을이 묶인다.

문틈 사이로
햇살이 활짝 여는 꽃향기
유년 시절 꿈결에 정지된
창호지 속 꽃들이
그윽한 향기의 요정이 되어

〉

문살 속의 햇살이

환한 미소로 풍경을 꽃피운다.

■출처: 시집 『붓끝에서 피는 꽃』, 문학사계(2018).

창호 풍경은 전통 정서의 모자이크

시는 언어의 모자이크다. 하나의 시어에 또 하나의 시어를 맞물리며 짜맞추는 언어의 집짓기다. 시인은 언어의 화가이며 건축가다. 그러므로 아름다운 모자이크를 지으려는 이는 무엇보다 내면에 풍부한 언어의 재료를 간직하고 있어야 한다. 아름다운 경험은 기억으로 이어지고, 다시 언어로 변환되어 내면의 보석으로 자리 잡는다.

안동의 전통가옥에서 대가족과 함께 성장한 시인은 어린 날의 풍경들을 보물처럼 내면에 쌓아 두었을 것이다. 따라서 시인의 내면은 전통 정서의 보물창고라 하겠다. '창호지', '호롱불', '가을볕', '문살', '들국화' 같은 보물들이 언어의 재료로 숙성되어 오늘의 시 속에서 다시 빛난다. 이번 시에서 시인은 그것들을 맞물려 아름다운 '창호 풍경'을 완성했다. 독자는 그 장면 속에서, 이제는 사라져가는 한지 창호의 정취를 새삼 음미하게 된다.

추석이 지나 서리가 내리기 전, 창호에 '새 옷'을 입히고 문고리 부근에 들국화 꽃잎이나 댓잎을 눌러 두던 풍경. "눈 오는 새벽녘/ 번한 창호지 속/ 환히 밝힌 호롱불 그림자". 시인은 그런 장면들을 조각처럼 배치해 언어의 모자이크로 이어 붙였다.

드러내는 유리창이나 감추는 커튼과 달리, 한지 창호는 감춤과 드러냄의 이중 미학을 품는다. 은은한 빛과 "그윽한 향기"를 머금은 창호는 사라진 옛 풍경의 정서를 불러내며, 독자의 마음에 고향 같은 그리움을 일깨운다.

시인은 단순한 회고에 머물지 않는다. 언어의 모자이크를 통해 전통을 오늘의 시어로 이어 놓는다. 그렇게 완성된 '창호 풍경'은 오래된 정서를 새로운 빛으로 환히 비추며, 우리 앞에 다시 살아난다. 잊힌 듯 사라져가는 것들이 이렇게 시 속에서 다시 꽃을 피울 때, 우리는 전통이 여전히 살아 있다는 것을 느낀다.

김상화(金相和, 아호: 솔빛)는 1952년 경상북도 안동에서 태어났다. 부천대학교 금융정보학과를 졸업하고, 2011년 《문학사계》에 「조각보」 등이 당선되며 등단했다. 한국문인협회 회원이자 《문학가족》 동인으로 활동하고 있으며, 대한민국미술대전·대한민국통일대전·대한민국평화예술대전 서예 부문과 세계서법문화예술대전 문인화 부문 초대작가로도 이름을 올렸다. **시집**으로는 『조각보 프리즘』, 『붓끝에서 피는 꽃』이 있다.

생명 연습 ^{김복희}

아침 햇살 받으며
인생열차는 달린다.

홀로 왔다 홀로 가는 길
혼자 가는 연습을 한다.

서로 닮아가며 살다가
훌쩍 떠난 인생의 길동무
차가운 썰물 빠져나가듯
후회의 물결 흘려 보내며 간다.

하늘에는 떠도는 흰구름
땅에는 하류로 흐르는 강물
잠시 떠돌다 가는 듯이
황혼이 짙을수록 열차는 빨리 달린다.

〉
설레임 반 두근거림 반
머지않아 다가올 종착역 생각에
숨을 고르며 눈을 감는다.

■출처: 시집 『생명연습』, 문학사계(2019).

참생명을 향한 길 위에서 울리는 노래

일회적인 삶에서 '생명 연습'이란 무슨 의미일까. 연습이란 무언가를 되풀이하며 익혀, 마침내 실제에서 그 힘을 발휘하도록 하는 과정이다. 그렇다면 시인이 말하는 삶은 죽음으로 끝나는 허무가 아니라, "머지않아 다가올" 참생명을 위한 뜻깊은 예비 과정일 것이다.

시인은 소중한 "인생의 길동무"를 먼저 떠나보내고 "혼자 가는 연습을 한다"고 고백한다. 삶이란 곧 동행을 잃는 일, 그리고 홀로 떠나는 연습이다. "차가운 썰물 빠져나가듯/후회의 물결 흘려 보내며" 살아낸 시간은, 윤회와 영원회귀의 사상처럼 끝나지 않는 순환의 길 위에 놓여 있는 듯하다.

그러나 시인의 시선은 허무보다 빛에 가깝다. "아침 햇살 받으며/인생열차는 달린다"고 시작된 노래는, "황혼이 짙을수록" 더욱 속력을 더하며 '종착역'을 향한다. 인생의 열차는 멈추지 않고, 오히려 빛나는 곳을 향해 달려간다.

심리학자 에릭슨은 노년기의 과제를 '자아 통합'이라 부르며, 그것을 이룬 사람 앞에서 죽음은 날카로운 가시를 잃는다고 했다. "설레임 반 두근거림 반"으로 종착역을 향해 달려가는 시인의 인생열차, 그 생명 연습은 이미 참생명을 향한 노래로 울리고 있다.

김복희(金福姬, 법명: 연화(蓮花))는 1947년 서울에서 태어났다. 한국방송통신대학교 국어국문학과와 중어중문학과를 졸업하고, 2007년《창작21》신인상과 2010년《문학사계》에「태양초」등이 당선되며 등단했다. 한국문인협회, 한국현대시인협회, 한국육필문학회, 김포문인협회, 문학의집, 광화문사랑방시낭송회 회원으로 활동하고 있으며,《문학가족》동인이자 동화구연 지도자이기도 하다. 경기문학상(공로상), 청계문학상을 수상했으며, **시집**으로는『바람을 품은 숲』,『겨울 담쟁이』,『쑥부쟁이 꽃』,『생명연습』이 있다.

나는 누구인가? 디트리히 본회퍼

남들은 종종 내게 말하기를
감방에서 나오는 나의 모습이
어찌나 침착하고 명랑하고 확고한지
마치 성에서 나오는 영주 같다는데
나는 누구인가?

남들은 종종 내게 말하기를
간수들과 대화하는 내 모습이
어찌나 자유롭고 사근사근하고 밝은지
마치 내가 명령하는 것 같다는데
나는 누구인가?

남들은 종종 내게 말하기를
불행한 나날을 견디는 내 모습이
어찌나 한결같고 벙글거리고 당당한지
늘 승리하는 사람 같다는데
남들이 말하는 내가 참 나인가?
나 스스로 아는 내가 참 나인가?

〉

새장에 갇힌 새처럼 불안하고 그립고 병약한 나
목 졸린 사람처럼 숨을 쉬려고 버둥거리는 나
빛깔과 꽃, 새소리에 주리고
따스한 말과 인정에 목말라하는 나
방자함과 사소한 모욕에도 치를 떠는 나
좋은 일을 학수고대하며 서성거리는 나
멀리 있는 벗의 신변을 무력하게 걱정하는 나
기도에도, 생각에도, 일에도 지쳐 멍한 나
풀이 죽어 작별을 준비하는 나인데
나는 누구인가?

이것이 나인가? 저것이 나인가?
둘 다인가?
사람들 앞에서 허세를 부리고,
자신 앞에선 천박하게 우는 소리 잘하는 겁쟁이인가?
내 속에 남아있는 것은
이미 거둔 승리 앞에서 꽁무니를 빼는 패잔병 같은가?
나는 누구인가?

〉

날카로운 질문이 나를 조롱합니다.

내가 누구인지

당신은 아시오니

나는 당신의 것입니다.

오, 하나님!

■출처: 『Biblio/Poetry Therapy』, North Star Press of St. Cloud(2011). 번역: 이봉희

나는 누구인가, 물음 끝에서 만난 하나님

"당신은 누구입니까?" 누가 내게 묻는다면, 나는 이런저런 일을 하고 있으며, 이러한 특성과 저러한 경력을 가진 사람이라고 답할 것이다. 그러나 내가 나에게 "나는 누구인가?"라고 묻는 순간, 말문이 막힐지 모른다. 그때의 나는 남들이 아는 내가 아니며, 나조차 알 수 없는 나이기도 하기 때문이다. 그래서 이 질문은 본회퍼가 고백했듯, 우리 모두에게 "날카로운 질문"이 된다.

이 시에서 "남들이 말하는 나"와 "나 스스로 아는 나"는 극명히 갈린다. 남들이 보는 나는 "침착하고 명랑하고 확고"하며, "늘 승리하는 사람 같다." 그러나 시인이 스스로 아는 나는 전혀 다르다. "새장에 갇힌 새처럼 불안하고 그립고 병약"하며, "목 졸린 사람처럼 숨을 쉬려고 버둥거리는" 존재다. 감옥 속에서 그는 온갖 것에 "주리고, 목말라하며, 치를 떨고, 서성거리며, 무력하게 걱정하고, 지쳐 멍한" 상태다. 결국 "풀이 죽어 작별을 준비하는" 것이 시인이 아는 자기 모습이다.

이처럼 인간은 남들 앞에서나 운이 좋을 때는 의연하고 의젓해 보이지만, 홀로 있거나 불운할 때는 한없이 무력하고 연약하다. 목사이자 사형수였던 본회퍼는 사형을 앞둔 상황에서 그 이중적 자아를 뼈아프게 직면한다. 그러나 그는 끝내 신 앞에서의 고백으로 나아간다.

"내가 누구인지/당신은 아시오니/나는 당신의 것입니다./오, 하나님!"

자아에 대한 치열한 회의 끝에 도달한 이 신앙의 고백은 분열된 자아를 통합하고 치유한다. 하나님은 어떤 모습의 나라도 아시고 받아들이시는 분이다. 살든지 죽든지 하나님께 자신을 맡길 때, 인간은 마침내 쉼에 이른다.

디트리히 본회퍼(Dietrich Bonhoeffer)는 1906년 독일 브렌슬라우에서 태어나 1945년 영면했다. 독일 루터교회의 목사이자 신학자로, 나치에 저항하며 '고백교회'를 설립한 인물 중 한 사람이다. 제2차 세계대전 중 아돌프 히틀러 암살을 시도한 외국 첩보국 계획에 가담한 혐의로 체포되어 투옥되었고, 1945년 4월 플로센뷔르크 수용소에서 교수형에 처해졌다. 대표적인 **저서**로는 『나를 따르라』와 『행위와 존재』가 있다.

누구를 위하여 종은 울리나 ^{존 던}

어떤 사람도 그 자체로서 온전한 섬은 아닐지니

모든 사람은 대륙의 한 조각이며, 본토의 한 부분이어라.

만일 흙덩이가 바닷물에 씻겨 내려가면 유럽은 그만큼 줄어들고

만일 곶이 그리되어도 마찬가지며

만일 그대의 친구나 그대의 영지가 그리되어도 마찬가지어라.

어느 사람의 죽음이라도 나를 감소시키나니

나는 인류 속에 포함된 존재이기 때문이라.

그러니 누구를 위하여 종이 울리는지를 알고자 사람을 보내지 말라.

종은 바로 그대를 위하여 울리나니.

■출처:『영원한 사랑의 기도』, 국학자료원(1996). (일부 번역 수정).

종은 그대를 위하여 울린다

17세기 영국에서는 마을에 사람이 죽으면 교회에서 조종(弔鐘)을 울렸다. 그러면 마을 사람들은 교회로 사람을 보내 물었다. "For Whom The Bell Tolls?" 그것은 "누가 죽었는가?"라는 완곡한 표현이었다. 이 시는 성공회 사제였던 존 던이 그러한 풍습을 실마리로 쓴 『명상록 XVII』의 일부다. "누구를 위하여 종은 울리나"라는 마지막 구절은 훗날 헤밍웨이의 동명 소설과 영화로 더 널리 알려졌다.

『명상록 XVII』을 쓸 무렵 존 던은 질병에 시달리며 죽음을 늘 의식하고 있었다. 교구에서 조종을 울릴 때마다 그는 "어떤 사람도 그 자체로서 온전한 섬은 아니"라는 사실과 "어느 사람의 죽음이라도 나를 감소시킨다"는 깨달음에 이르렀다. 인류는 서로 연결된 전체이므로 누군가의 죽음은 곧 나의 일부의 상실이다. 교회가 울리는 조종은 한 개인만이 아니라 모두의 죽음을 알리는 소리였다.

훗날 헤밍웨이는 스페인 내전을 배경으로 한 소설에서 이 제목을 차용했다. 영화 속에서 부상당한 로버트 조던이 사랑하는 마리아에게 남기는 말은 잊히지 않는다. "내가 당신이야. 당신이 가면 나도 가는 거야." 죽음 앞에서 드러나는 사랑의 연대, 그것은 시인의 통찰과 닿아 있다.

다시 시를 읽어보자. "종은 바로 그대를 위하여 울리나니." 이 구절은 피할 수 없는 죽음을 알림과 동시에 보편적 인류애를 일깨운다. 지금도 어딘가에서 질병과 전쟁, 재난으로 죽어가는 '그대'가 있다. 우리는 무엇을 해야 할까. 직접 참여할 수는 없어도 기도할 수 있으며, 각자의 자리에서 응답할 수 있다.

존 던은 명상록에서 이렇게 덧붙였다. "전체 인류는 한 권의 책이다. 한 사람이 죽으면 그 책에서 한 장이 찢겨 나가는 것이 아니라 더 좋은 언어로 번역된다. 하느님은 늙음과 질병, 전쟁과 재판 같은 여러 번역가를 고용하시며, 흩어진 장들을 모두 다시 철하여 당신의 서재로 모아들이신다. 그곳에서 모든 책은 서로에게 열려 있다."

누군가의 죽음이 곧 나의 일부분을 울리는 종소리고, 또한 죽음 이후 우리가 하느님의 서재에서 다시 만나게 되는 것이라면, 살아 있는 우리는 그 종소리에 어떻게 응답할 것인가.

존 던(John Donne)은 1572년 영국 런던에서 태어나 1631년 영면했다. 케임브리지대학교에서 법학을 전공했으며, 17세기 영문학을 대표하는 형이상학파 시인으로 손꼽힌다. 변호사와 영국 성공회 신부로 활동했으며, 런던 세인트폴 대성당 참사원장과 의회 의원을 역임했다. 사랑과 종교, 죽음과 존재에 대한 철학적 성찰을 날카롭고 정교한 언어로 풀어낸 그의 시는 이후 시문학사에 지대한 영향을 끼쳤으며, **대표 시집**으로는 『시집(Poems)』이 있다.

들소의 황혼 칼 샌드버그

들소들은 떠나 버렸다.

그 들소들을 보았던 사람들도 떠나 버렸다.

수천 마리 들소 떼를 보았던 사람들, 들소 떼가 발굽으로 초원의 뗏장을 긁어대며 흙을 파헤치던 광경을 보았던, 황혼의 화려한 장관 속에서 거대한 머리를 수그리고 풀밭을 긁어대던 광경을 보았던 사람들

그 들소들을 보았던 사람들은 떠나 버렸다.

그리고 그 들소들도 떠나 버렸다.

■원시 출처: https://www.poetryfoundation.org/poems/53232/buffalo-dusk

기억하자, 우리가 전에 들소였음을

크고 장렬한 것들은 모두 떠나갔다. 그것들을 바라보며 경외와 숭고 속에 가슴을 떨던 사람들도 함께 사라졌다. 뜨거운 눈물로 이 시를 베껴 쓰던 내 젊은 날도 저 멀리 흘러갔다.

버팔로 떼가 사라진 자리에는 이제 텅 빈 초원만 남아, 바람 속 메아리처럼 그 발굽 소리를 되새기고 있다. 들판은 고요히 잠들어 있으나, 그 고요함 속에 사라진 장엄의 흔적이 몸을 뒤척인다.

충실하게 길들여진 일상은 고삐에 매인 채 꽃으로 치장되고 있다. 소는 때때로 들판을 기억하려는 듯 워낭을 크게 흔들어 보지만, 굴레와 코뚜레를 벗을 길은 없다.

시원(始原)을 환기하듯 밤새 장렬한 억수비가 퍼부었다.

기억하자, 가끔은, 우리가 전에 들소였음을.

칼 샌드버그(Carl August Sandburg)는 1878년 미국 일리노이주에서 스웨덴계 이민자의 아들로 태어나 1967년 영면했다. 청소년기부터 우편배달부, 벽화 장인, 신문 판매원 등 다양한 노동에 종사했으며, 《시카고 데일리 뉴스》 기자로 활동하면서 도시의 삶과 민중의 언어를 담은 야성적인 시를 써냈다. 시집 『시카고의 시편』으로 퓰리처상 시 부문을, 전기 『에이브러햄 링컨전(傳)』 6권으로 역사 부문 퓰리처상을 수상하는 등 생애에 세 차례 퓰리처상을 수상했다. **시집**으로는 『시카고의 시편(詩篇)』, 『옥수수 껍질을 벗기는 사람』, 『매연(煤煙)과 강철』, 『굿 모닝 아메리카』, 『민중이여 옳습니다』가 있다.

4부 겨울

괜찮다, 괜찮다, 괜찮다, 괜찮다

내리는 눈발속에서는 서정주

괜, 찬, 타, ……

괜, 찬, 타, ……

괜, 찬, 타, ……

괜, 찬, 타, ……

수부룩이 내려오는 눈발속에서는

까투리 매추래기 새끼들도 깃들이어 오는 소리, ……

괜찬타, ……괜찬타, ……괜찬타, ……괜찬타, ……

폭으은히 내려오는 눈발속에서는

낯이 붉은 處女아이들도 깃들이어 오는 소리, ……

울고

웃고

수구리고

새파라니 얼어서

運命들이 모두다 안끼어 드는 소리, ……

큰놈에겐 큰눈물 자죽, 작은놈에겐 작은 웃음 흔적,

큰이얘기 작은이얘기들이 오부록이 도란그리며

안기어 오는 소리, ……

〉
괜찬타, ……
괜찬타, ……
괜찬타, ……
괜찬타, ……

끊임없이 내리는 눈발속에서는
山도 山도 靑山도 안기어 드는 소리, ……

■출처: 『미당시전집 1』, 민음사(1994).

"괜찮다, 괜찮다"는 대자대비의 음성

"바닷가의 조약돌을 그토록 둥글고 예쁘게 만든 것은 무쇠로 된 정이 아니라, 부드럽게 쓰다듬는 물결인 것을."

법정 스님의 수필 「설해목」의 결구다. 스님은 망나니 학생을 자애의 손길로 감동시킨 노승의 일화나 살인귀 앙굴리마알라를 귀의시킨 부처님의 이야기를 들려줄 뿐, 직접적으로 설교하지 않는다. 그럼에도 우리는 마음 깊은 데서 무언가 툭 꺾이는 것을 느낀다. 마치 "고집스럽기만 하던 소나무들이 사분사분 내려 쌓이는 하얀 눈에 꺾이고 마는" 것처럼.

이 시에서 시인 역시 그처럼 부드럽게 "내리는 눈발"을 노래할 뿐 설교하지 않는다. "수부룩이 내리는 눈발 속에서는" 뭇 존재들이 "깃들이어 오고", '운명'과 '사람(놈)'과 '이야기(이얘기)들', '청산'마저도 "안기어 드는 소리"가 들려온다. 눈발은 곧 "괜찬타, 괜찬타"라는 크나큰 위로의 소리, 대자대비의 음성이다.

우리는 살아가며 종종 목에 힘을 주고 단죄와 조롱의 언어를 앞세우곤 한다. 그러나 눈발이 들려주는 목소리는 다르다. 부족하면 부족한 대로, 서툴면 서툰 대로 서로를 감싸며 "괜찮다, 괜찮다"라고 속삭인다. 그 음성 속에서 삶은 더 너그러워지고, 인간은 서로를 품는다. 눈발의 가르침은 단순한 권고가 아니라, 삶을 지탱하는 깊은 위로의 자리에서 들려오는 소리다.

서정주(徐廷柱, 아호: 미당(未堂)·궁발(窮髮))는 1915년 전라북도 고창에서 태어나 2000년 영면했다. 중앙불교전문(현 동국대학교)에서 수학하고 숙명여자대학교에서 명예박사 학위를 받았다. 1936년 《동아일보》 신춘문예에 「벽」이 당선되며 등단했고, 이후 한국시사 명예회장을 비롯해 대한민국예술원 원로회원, 문인협회·현대시인협회·불교문학가협회 회장을 역임했다. 중앙대학교 문예창작과·경기대학교 대학원 교수, 동국대학교 종신명예교수로도 활동했다. 자유문학상, 5·16민족상, 동국문학상, 대한민국예술원상을 수상했으며, 2000년에는 금관문화훈장이 추서되었다. **시집**으로는 『화사집(花蛇集)』, 『귀촉도(歸蜀途)』, 『서정주 시선』, 『신라초(新羅抄)』, 『동천(冬天)』, 『질마재 신화』, 『떠돌이의 시』, 『서으로 가는 달처럼…』, 『학이 울고 간 날들의 시』, 『안 잊히는 일들』, 『노래』, 『팔할이 바람』, 『산시』, 『미당 서정주 시전집 1』, 『미당 서정주 시전집 2』, 『늙은 떠돌이의 시』 등이 있다.

겨울 바다 ^{김남조}

겨울 바다에 가 보았지
미지(未知)의 새
보고 싶던 새들은 죽고 없었네

그대 생각을 했건만도
매운 해풍에
그 진실마저 눈물져 얼어 버리고

허무(虛無)의
불
물이랑 위에 불붙어 있었네

나를 가르치는 건
언제나
시간……
끄덕이며 끄덕이며 겨울 바다에 섰었네

남은 날은
적지만

〉

기도를 끝낸 다음
더욱 뜨거운 기도의 문이 열리는
그런 영혼을 갖게 하소서

남은 날은
적지만

겨울 바다에 가 보았지
인고(忍苦)의 물이
수심(水深) 속에 기둥을 이루고 있었네

■출처: 시집 『겨울바다』, 상아출판사(1967).

더욱 뜨거운 기도로 열리는 바다

겨울 바다를 찾아가 본 적이 있는가. 삶에서 부서지고 관계에 실망했을 때, 무엇보다 자신에게 절망했을 때 어디를 향해 가는가. 그럴 때 혹시 겨울 바다를 찾아간 적이 있는가.

언젠가 나는 해남 땅끝의 겨울 바다를 찾았다. 그예 확인해야만 할 어떤 것이 거기에 있는 듯, 새벽길을 서둘러 달려갔다. 황량한 바닷바람이 세차게 몰아치는 그곳에서 나는 되돌아가야 한다는 것을 깨달았다. 인생도 사랑도 어떤 끝에 도달했을 때는 갈망을 내려놓고 돌아서야 한다는 것, 그렇지 않으면 "허무의 불"이 될 뿐이라는 것을 '물이랑'은 세차게 일러주었다.

겨울 바다는 절망한 이를 붙드는 힘이 있다. 죽음의 충동에 이끌려 바다를 찾았던 이가 몇 시간 동안 파도와 함께 울며 새로운 삶의 의지를 다지고 돌아왔다는 이야기를 들은 적도 있다. 이 시에서처럼 "그 진실마저 눈물져 얼어 버리"게 하는 매운 해풍을 맞으면 이상하게 마음이 맑아진다.

그녀는 겨울 바다 앞에서 "나를 가르치는 건/언제나/시간"이라 고개를 끄덕이며, "남은 날은/적지만//기도를 끝낸 다음/더욱 뜨거운 기도로" 살아야겠다고 다짐했을 것이다. "인고의 물"처럼 깊은 수심 속에 뿌리를 내리며 말이다.

시간은 에너지 그 자체여서, 우리가 특별한 노력을 기울이지 못하더라도 살아 있는 한 우리를 치유하고 성장시키는 힘을 지닌다. 그러니 시간의 힘을 믿고 기도하며 견뎌야 한다.

"미지의 새"조차 죽고 없는 겨울 바다는 인생과 사랑의 끝이 허무와 절망임을 일깨운다. 그러나 키에르케고르의 말처럼 "절망하지 않는 절망이야말로 가장 큰 절망"이다. 역설적으로 우리는 절망할 때 오히려 희망을 결단할 수 있다. "인고의 물이 수심 속에 기둥을 이루고 있"는 걸 바라보면서, 다시 사랑을 결심하게 되는 것이다.

다시 겨울 바다에 서고 싶다. 모든 것이 얼어붙은 세상에서, 그래도 시퍼렇게 살아 영원을 향해 일렁이는 시간의 물이랑과 마주하고 싶다.

먼 데서 오는 손님 김남조

먼 데서 손님이 오신다

어디서 떠나 언제 도착할는진 모르나

나의 주소로 순조롭게 다가오신다

그분은 최소한 겨울처럼 춥지 않고

폭풍처럼 사납지도 않으리라

연치 높으신 만큼의 자애로

내 손을 잡으시며

"내가 왔다. 너의 준비된 형편이면 좋으련만……"

그 말씀도 이쯤의 격조는 되시리

달빛 으스름인가 안개인가로

지나온 풍경을 순하게 지우시며

그 분이 오고 계신다

아아 그 분과 내가 부디

서로를 잘 이해하는 사이로 만나게 되기를……

■출처: 시집 『충만한 사랑』, 열화당(2017).

못다 준 사랑을 남기고

이별의 계절인가. 어제는 한 은사님께서 평생의 반려자를 떠나보내셨다는 소식을 들었는데, 오늘은 시와 더불어 평생을 살아오신 김남조 시인이 먼 길을 떠나셨다는 소식을 접했다.

눈 오는 날이면 아무리 외로운 "나무도 바람도/혼자가 아닌 게 된다/실상 하늘 아래 외톨이로 서 보는 날도/하늘만은 함께 있어 주지 않던가", "삶은 언제나/은총의 돌층계의 어디쯤/사랑도 매양/섭리의 자갈밭의 어디쯤"(「설일」)이라 노래하던 시인, 언제나 사랑을 그리며 사랑을 노래하던 '사랑의 시인'이 떠났다.

"사랑은/말하지 않는 말", "너를 위하여/나 살거니/소중한 건 무엇이나 너에게 주마/이미 준 것은 잊어버리고/못다 준 사랑만을 기억하리라"(「사랑의 말」, 「너를 위하여」)던 시인은 이제 "먼 데서 오는 손님"을 따라 조용히 길을 나섰다.

그는 이제 "못다 준 사랑"의 기억마저 내려놓고 떠난 것일까. "어디서 떠나 언제 도착할는진 모르나/나의 주소로 순조롭게 다가오신다"라는 시구대로, 순조롭고 은총 가득한 귀향길이 되었을까.

"최소한 겨울처럼 춥지 않고/폭풍처럼 사납지도 않"게, "연치 높으신 만큼의 자애"로 충만한 가운데, "준비된 형편"을 따라 돌아가셨기를 빈다. 세상의 영욕을 모두 뒤로하고 "지나온 풍경을

순하게 지우시며/그분과 내가 부디/서로를 잘 이해하는 사이로
만나게 되기를" 손 모아 기도한다.

김남조(金南祚, 세례명: 마리아 막달레나)는 1927년 경상북도 대구에서 태어나
2023년 영면했다. 서울대학교 사범대학 국어교육학과를 졸업하고 숙명여자대학
교에서 명예 문학박사 학위를 받았다. 1950년 《연합신문》에 「성수(星宿)」·「잔
상」 등을 발표하며 등단했고, 마산고등학교와 이화고등학교 교사를 거쳐 성균관
대학교 강사, 숙명여자대학교 교수로 재직했다. 한국시인협회와 한국여성문학인
회 회장을 역임했으며, 대한민국예술원 회원으로도 활동했다. 제1회 자유문학가
협회문학상, 오월문예상, 한국시인협회상, 서울시문화상, 삼일문화상, 대한민국
문화예술원상, 만해대상, 정지용문학상 등을 수상했고, 은관문화훈장과 국민훈장
모란장을 수훈했다. **시집**으로는 『목숨』, 『나아드의 향유(香油)』, 『나무와 바람』,
『김남조 시집』, 『정염(情念)의 기(旗)』, 『풍림(楓林)의 음악(音樂)』, 『겨울바다』,
『설일(雪日)』, 『사랑 초서(草書)』, 『동행(同行)』, 『빛과 고요』, 『바람 세례』, 『외
롭거든 사랑이소서』, 『희망학습』, 『사랑초서와 촛불』, 『너를 위하여』, 『저무는
날에』, 『충만한 사랑』이 있다.

길 윤동주

잃어 버렸습니다.
무얼 어디다 잃었는지 몰라
두 손이 주머니를 더듬어
길에 나아갑니다.

돌과 돌이 끝없이 연달아
길은 돌담을 끼고 갑니다.
담은 쇠문을 굳게 닫아
길 위에 긴 그림자를 드리우고

길은 아침에서 저녁으로
저녁에서 아침으로 통했습니다.
돌담을 더듬어 눈물짓다
쳐다보면 하늘은 부끄럽게 푸릅니다.

풀 한 포기 없는 이 길을 걷는 것은
담 저쪽에 내가 남아 있는 까닭이고,
내가 사는 것은 다만,
잃은 것을 찾는 까닭입니다.

■출처: 『하늘과 바람과 별과 시』(1955년 정음사 오리지널 초판본), 더스토리(2016).

담 저쪽의 잃은 것을 찾기 위하여

　2017년 12월 30일은 영원한 문학청년 윤동주의 탄생 100주년이었다. 많은 사람들이 그를 기리는 글과 행사를 가진 것은 꼭 백 년이라는 세월 때문만은 아니다. 스물여덟 해의 짧은 생애를 살다 갔으며, 생전에 단 한 권의 시집도 내지 못했던 시인이 여전히 뜨겁게 살아남은 이유는 무엇일까. 그것은 아마도 시와 삶을 통해 드러난 그의 높고 맑고 뚜렷한 심혼 때문일 것이다.

　부끄러움의 시인. 그는 끊임없는 '자기 성찰'을 통해 별처럼 투명하고 단단해진 자아로서 묵묵히 자신의 길을 걸어가고자 했다. 이 시에서도 그는 "길을 잃어 버린" 자기와 '돌담'과 '쇠문'으로 굳게 닫힌 현실, "풀 한 포기 없는" 시대(식민지)를 직시하며 눈물짓는다. 그러면서도 "이 길을 걷는 것은/담 저쪽에 내가 남아 있는 까닭"과 "잃은 것을 찾는 까닭"이라는 구절에서 희망과 의지를 다진다.

　"성찰하지 않는 삶은 살만한 가치가 없다"(『소크라테스의 변명』)는 말처럼, 윤동주의 시는 독자를 성찰의 자리로 불러낸다. 우리는 살아오며 무엇을 잃어버렸는가. 그럼에도 불구하고 살아가는 까닭은 무엇인가. 나는 지금 어떤 길을 걷고 있는가. 저물어가는 한 해를 돌아보며 곰곰 되새겨볼 일이다.

윤동주(尹東柱, 아호: 해환(海煥), 세례명: 프란시스코)는 1917년 만주 간도성 명동촌에서 태어나 1945년 영면한 민족시인이다. 『하늘과 바람과 별과 시』를 비롯한 유고 작품으로 오늘날까지 깊은 울림을 전하고 있다.

불사조(不死鳥) 정지용

비애(悲哀)! 너는 모양할 수도 없도다.

너는 나의 가장 안에서 살았도다.

너는 박힌 화살, 날지 않는 새,

나는 너의 슬픈 울음과 아픈 몸짓을 지니노라.

너를 돌려보낼 아무 이웃도 찾지 못하였노라.

은밀히 이르노니 ― 〈행복(幸福)〉이 너를 아조 싫어하더라.

너는 짐짓 나의 심장(心臟)을 차지하였더뇨?

비애! 오오 나의 신부! 너를 위하여 나의 창과 웃음을 닫었노라.

이제 나의 청춘이 다한 어느 날 너는 죽었도다.

그러나 너를 묻은 아무 석문(石門)도 보지 못하였노라.

스스로 불탄 자리에서 나래를 펴는

오오 비애(悲哀)! 너의 불사조(不死鳥) 나의 눈물이여!

■출처:『정지용 전집 1』, 민음사(2006).

비애의 죽음과 불사조 탄생

이 시는 '비애'에 대한 치밀한 성찰과 내적 고백을 담고 있다. "나의 가장 안에서 살"고 있으나 "모양할 수도 없"는 것, 굳이 형상화하자면 "박힌 화살, 날지 않는 새"와 같아 "슬픈 울음과 아픈 몸짓"을 지닌 것. 정지용은 언어로 비애의 이미지를 명징하게 그려낸다. 이는 감정을 억제하고 지성을 중시하며 언어 예술로 시의 존재 가치를 찾으려 했던 모더니스트의 면모를 드러낸다.

그러나 그 '비애'는 "돌려보낼 아무 이웃도 찾지 못"한다. "행복이 너를 아주 싫어하더라"는 고백처럼, 사람들은 행복을 선호하고 비애를 기피한다. 나눌 이웃이 부재한 고립 속에서 '비애'는 더욱 깊어진다. 마침내 그것은 "나의 심장을 차지"하고, "나의 신부"가 되어 '나'의 삶을 지배한다. 이로써 시인은 '비애'를 위해 소통의 "창과 웃음"을 닫아버린다.

그러나 시인의 비애는 죽음으로 끝나지 않는다. "청춘이 다 한 어느 날" 죽음을 맞지만, "아무 석문도 보지 못하였노라"는 구절처럼 무덤조차 남기지 않는다. 오히려 "스스로 불탄 자리에서 나래를 펴는" 불사조로 부활한다. 시인의 눈물 속에서 다시 태어난 비애는 곧 지성으로 승화된 시, 정지용의 언어 예술이 된다.

융(C. G. Jung)은 불사조를 인간성의 가장 강력한 원형 가운데 하나로 보았다. 죽을 수밖에 없는 조건을 지니면서도 잔해 속에서

더욱 강한 모습으로 새로 태어나는 힘, 그리고 눈물이 지닌 치유력 때문이다. 정지용의 불사조도 바로 그러하다. 어린 아들의 죽음을 겪고 쓴 「유리창」의 차가운 지성은, 감정의 고립과 무력감 속에서 벼려진 슬픔의 변형일 것이다.

허무적 낭만주의의 반동으로 형성된 모더니즘은 지성의 연마라는 점에서 긍정적이다. 그러나 감정의 지나친 억압은 생명력의 고갈을 불러올 수도 있다. 오늘의 사회 역시 마찬가지다. 지나친 경쟁 속에서 사람들은 "비애를 돌려보낼 아무 이웃도 찾지 못"고, "행복이 너를 아주 싫어하여" 감정을 감춘 채 살아간다.

공동체가 "나의 가장 안에서 살아 있는 슬픈 울음과 아픈 몸짓"을 품어주지 못한다면 결코 건강할 수 없다. 이웃의 비애를 받아들이는 아량, 툭 털어놓을 수 있는 용기, 그리고 스스로 다시 일어나는 회복력이야말로 지금 우리가 절실히 필요로 하는 불사조의 힘일 것이다.

   마음이 머무는 시선

정지용(鄭芝溶, 아명: 지용(池龍), 세례명: 방지거)은 1902년 충청북도 옥천군에서 태어나 1950년 한국전쟁 시 납북되어 영면 연대가 정확히 전해지지 않는다. 휘문고등보통학교와 일본 동지사대학교 영문학과를 졸업했으며, 1919년 《서광(曙光)》에 소설 「삼인(三人)」을 발표하며 등단했다. 이후 동인지 《요람》을 간행하고 《휘문》 창간호 편집위원, 《시문학》 동인, 《구인회》 결성에 참여했으며, 《가톨릭청년》·《경향잡지》 편집위원, 《문장》 심사위원으로도 활동했다. 휘문고등보통학교 교사, 경향신문사 주간, 이화여자대학교 교수, 서울대학교 문리과대학 강사를 역임했다. **시집**으로는 『정지용시집』과 『백록담』이 있다.

불바퀴 한승원

— 촛불연가 2

혼자서

허공을 향해

두 손의 엄지와 검지 끝을 맞붙이면 그것은

그냥 손가락들의 만남일 뿐이더니

그대를 향해 앉아 눈을 감고

엄지와 검지 끝을 맞붙여 동그라미를 그리면

모든 세상이 그것 안에 다 들어와 담긴다

그것을 풀면 언제 그랬냐는 듯

다시 모든 것들이 제자리로 돌아간다

의도 속에 담는 것보다는

풀어서 제자리로 돌려보내는 것이

얼마나 마음 편한 일인지를 또한

그대에게서 배운 다음부터 나는

이것저것 조급해하며

짓기(業)를 삼가기 시작했다.

■출처: 시집 『사랑은 늘 혼자 깨어 있게 하고』, 문학과지성사(1995).

깨어 있는 대자연인의 길

어떻게 사는 것이 가장 잘 사는 것일까. 2003년(단기 4336) 장편소설 『초의』 출간 직후 작가 탐방을 통해 한승원 선생을 인터뷰한 적이 있다. 장흥 바닷가 산자락에 '해산토굴(海山土窟)'이라 이름 붙인 집에서 차를 끓여 주시며 들려주신 말씀은 지금도 선명하다.

"물질문명에 덩달아 헛욕심만 좇아 살아서는 안 된다. 가장 그윽하고 참된 삶, 순리의 삶을 사는 길을 터득하는 것이 이 시대를 가장 잘 사는 길이다."

"소설을 쓰건 시를 쓰건, 장사를 하건, 법학이나 정치를 하건, 노동을 하건 우리는 진지하게 가장 참된 삶을 살려고 분투하는 구도자의 자세로 살아야 한다."

「촛불연가」 연작 중 두 번째인 「불바퀴」는 광륜(光輪), 곧 진리의 바퀴를 가리킨다. 그것은 우리 안의 삼독(三毒)—탐욕과 성냄, 어리석음을 태워 없애고, 불성(佛性)을 밝혀주는 빛이다.

'의도'는 행위의 목적과 방향을 알려주지만, 그것에 매일수록 답답하고 불안해진다. "그대를 향해 동그라미를 그리며" 소유와 지배의 욕심을 부리면, 참자기는 점점 쪼그라든다. 그러나 "풀어서 제자리로 돌려보내는 것이/얼마나 마음 편한 일인지를" 알게 되면, 부질없는 '짓기(業)'를 삼가게 된다.

시인은 그날 내가 사 들고 간 책의 속표지에 "춤추는 소매 걸어 곤륜산에 걸릴라"라는 구절을 적어주었다. '해산산인(海山散人)'이 라는 서명과 함께, 그윽하게 깨어 있는 대자연인으로 살아가는 길 을 오래 기억하게 해 주었다.

한승원(韓勝源, 아호: 해산(海山))은 1939년 전라남도 장흥에서 태어났다. 장흥 중학교와 장흥고등학교를 거쳐 서라벌예술대학 문예창작과를 졸업하고, 1968년 《대한일보》 신춘문예에 단편소설 「목선」이 당선되며 등단했다. 이후 광양중학교, 광주 춘태여자고등학교, 동신중학교에서 교사로 재직했고, 조선대학교 문예창작 학과 초빙교수를 역임했다. 한국소설문학상, 대한민국문학상, 한국문학작가상, 현대문학상, 이상문학상, 서라벌문학상, 한국해양문학상, 현대불교문학상, 미국 기리야마 환태평양도서상, 김동리문학상 등을 수상했다. **시집**으로는 『열애일기』, 『사랑은 늘 혼자 깨어 있게 하고』, 『노을 아래서 파도를 줍다』, 『달 긷는 집』, 『사 랑하는 나그네 당신』, 『이별 연습하는 시간』이 있다.

사는 법 2 홍윤숙

날지 못할 날개는 떼어 버려요
지지 못할 십자가는 벗어 놓아요
오척 단신 분수도 모르는 양심에 치어
돌아서는 자리마다 비틀거리는
무거운 짐수레 죄다 비우고
손 털고 돌아서는 빌라도로 살아요
상처의 암실엔 침묵의 쇠 채우고
죽지 못할 유서는 쓰지 말아요
한 사발의 목숨 위해
날마다 일심으로 늙기만 해요
형제어 지금은 다친 발 동여매고
살얼음 건너야 할 겨울 진군
되도록 몸은 작게 숨만 쉬어요
바람 불면 들풀처럼 낮게 누워요
아, 그리고 혼만 깨어 혼만 깨어
이 겨울 도강(渡江)을 해요

■출처: 시집 『사는 법』, 열화당(1983).

한 사발의 목숨 위해 일심으로

'과하지욕(跨下之辱)'이라는 고사가 떠오른다. 훗날 한나라 대장
군이 된 한신은 곤궁한 시절, 백정의 모욕을 참으며 바짓가랑이 밑
을 기어갔다. "그때 그를 죽였다면 나는 죄인으로 쫓겼을 것이니,
치욕을 참아 오늘의 자리에 오를 수 있었다"는 그의 회고는 목숨
의 존엄을 역설한다. 구차해 보이는 목숨일지라도, 그것은 세상 그
무엇과도 바꿀 수 없이 소중하다.

살다 보면 목숨을 지키기 위해 '날개'니 '십자가'니 '양심'이니
책임의 '짐수레'를 버려야 할 때가 있다. 초인도, 위인도 아닌 "오
척 단신"의 분수를 자각할 때, "한 사발의 목숨"만이라도 부지하는
일이 지상명령이 된다. 그래서 "상처의 암실엔 침묵의 쇠 채우고",
"다친 발 동여매고/살얼음 건너야 할" 순간이 찾아온다. 노년은 바
로 그러한 시기일지 모른다. 노쇠한 몸은 더 이상 "지지 못할 십자
가"나 "무거운 짐수레"를 질 힘이 없기 때문이다.

우리 사회의 현실은 엄혹하다. 한국은 OECD 국가 중 가장 높은
노인 자살률을 기록하며, 해마다 수천 명이 스스로 삶을 마감한다.
그래서 시인은 노년의 동년배에게 우정 어린 권고를 건넨다. "형
제여 … 한 사발의 목숨 위해/날마다 일심으로 늙기만 해요." 이
시는 삶을 붙드는 단호한 생의 윤리다.

『톰아저씨의 오두막』에서 얼음장을 딛고 강을 건넌 엘리자, 살

기 위해 혈혈단신 강을 건너온 월남민들, 오늘도 국경을 넘는 난민과 탈북민들. 그리고 노년의 마지막 강을 건너는 우리들. 모두가 삶을 붙들기 위해 "겨울 진군"을 하는 사람들이다.

　"혼만 깨어" 겨울 강을 건너는 삶. 그것이야말로 비루하지만 장한 인생의 진실이다. 그리고 이 모든 '사는 법'의 역설 속에, 핏방울처럼 붉은 생명의 빛이 스며 있다.

홍윤숙(洪允淑, 세례명: 아빌라의 데레사)은 1925년 평안북도 정주에서 태어나 2015년 영면했다. 서울대학교 교육학과를 수료하고, 1947년 《문예신보》에 시 「가을」을 발표하며 등단했다. 국제펜클럽 한국본부 이사, 한국여성문학인회·한국가톨릭문우회·한국시인협회 회장을 역임하며 문단과 신앙 공동체에서 활발한 활동을 펼쳤다. 한국시인협회상, 대한민국문화예술상, 서울시문화상, 공초문학상, 대한민국예술원상, 3·1문화상, 시와시학사 특별상, 구상문학상 등을 수상했고, 보관문화훈장을 수훈했다. **시집**으로는 『落法놀이』, 『조선의 꽃』, 『지상의 끝에서 돌아보는 지상』, 『마지막 공부』, 『내 안의 광야』, 『지상의 그 집』, 『홍윤숙 시 전집』, 『쓸쓸함을 위하여』, 『그 소식』, 『장식론』, 『麗史詩集』이 있다.

내 몸에 먼 곳이 있다 _{김원명}

손이 닿지 않는다.

내 몸 뒤편,
등이 가려운데
안간힘을 다해 손을 뻗어보지만
끝내 그곳까지 이르지 못한다.

늘 어머니와 아내의 손이
약손처럼 스쳐가던 그 자리,
잠 못 드는 이 밤
나를 넘어뜨릴 듯
끝내 몸속까지 굼실거리며 기어간다.

바로 내 등 뒤인데
한 번도 닿아본 적 없는
이리도 아득한 거리가 있다니,

통증처럼 파고드는 혼자의 시간
견디다 못해 다급하게 찾는 손

어느 산사에 갔을 때 아내가 데려온

대나무 효자손뿐이다

등뼈 타고 오르던 가려움증을

겨우 쓸어낸다.

나무 손자국이 벌겋다.

■출처: 시집『시간 허물기』, 새미(2012).

아득한 거리, 등 뒤의 손길

　성경에는 "여호와 하나님이 이르시되 사람이 혼자 사는 것이
좋지 아니하니 내가 그를 위하여 돕는 배필을 지으리라."(창세기
2:18)라는 말씀이 있다. 여기서 '배필'은 그에게 적합한 짝을 뜻
한다. 혼인을 통해 부부는 동전의 앞뒷면처럼 떼려야 뗄 수 없는
존재가 된다. 그러나 함께 걷던 길에서 한 사람이 먼저 세상을 떠
나는 아픔은 피할 수 없는 숙명이다.

　홀로 남은 시인은 사소한 생활의 결핍 속에서도 고독을 절감한
다. 바로 "내 몸 뒤편/등이 가려운데" "손이 닿지 않는다"는 사실
때문이다. 함께 살아갈 때는 당연하던 배후의 손길이, 이제는 "나
를 넘어뜨릴 듯" 간절해진다. 그때 시인은 깨닫는다. "바로 내 등
뒤인데/한 번도 닿아본 적 없는" "아득한 거리"가 있음을. 그리고
그 거리를 좁혀준 이, 나를 온전히 나 되게 했던 이가 바로 아내였
음을.

　은퇴 직후 아내를 잃고 깊은 실의에 빠졌다가 시를 붙잡게 된
김원명 시인은 "아내가 시를 주고 떠났다"고 말하곤 했다. 혼자된
친구들이 새 인연을 권해도 그는 고개를 저었다. 이미 시 속에서
아내와 함께 살고 있었기 때문이다. 가난한 집안의 장남으로 생전
에 아내를 고생만 시켰다는 미안함에 그는 줄곧 망처시(望妻詩)를
쓰게 되었다. 시 쓰기는 그에게 치유라기보다 속죄였고, 사실 속
죄보다 더 깊은 치유는 없었다. 그는 후문학파로 늦깎이 등단하여

영면에 이르기까지 8년 동안 네 권의 시집을 남겼다.

　아내가 남기고 간 대나무 효자손과 시. 그것들은 시인에게 몸의 가려움을 긁는 도구이자, 생의 가려움 같은 그리움을 긁어내는 여의(如意)였다. 부부란 결국 서로의 가려운 곳을 긁어주는 가장 적합한 손길 아니었을까.

김원명(金元明)은 1939년 전라남도 해남에서 태어나 2016년 영면했다. 동국대학교 법정대학 법학과를 졸업하고, 2008년 《문학사계》 봄호에 「3번아 5번 찾지 말고」 외 2편이 당선되며 등단했다. 《문학가족》 동인으로 활동했으며, 해운항만청 목포지방 및 제주지방 해운항만청장, 해양수산부 부이사관, 한국항만기술단 부회장을 역임했다. 공직 재직 중 근정포장을 수훈했으며, **시집**으로는 『모란을 찾아서』, 『시간 허물기』, 『노을밭 조약돌』, 『겨울조각달』이 있다.

어지럼증 황동기

팔십 고개를 비틀거리며 넘고 넘어
어지럼증에 시달리며 살아가는 것을
의사들은 노년의 증상이라고
안타까운 얼굴이지만 당연하게 말합니다.

가는 병원마다 진지한 의사들의
애써 고개 갸웃거리는 모습을 보며
나의 어지럼증도 씁쓸히 웃습니다.

전쟁과 질병이 뿌리 깊게 기억되는
어린 시절에도 천지는 빙글빙글 돌았고
온 세상이 명품의 파도에 휩쓸리고
테러의 광기에 죽어가는 오늘도 어지럽고

아직 태어나지도 않은 아이들의 울음소리조차
벌써부터 어지러운데 어지러운데……
왜 그것이 노년의 증상이라 말하느냐고
나의 어지럼증도 씁쓸히 되묻습니다.

■출처: 시집 『호남평야 바람소리』, 문학사계(2017).

씁쓸히 웃는 어지럼증

'선(先)인생 후(後)문학'. 젊어서는 생계에 몰두하다가 은퇴 후 뒤늦게 문학에 헌신하는 사람들이 점점 많아지고 있다. 2015년, 유안진 시인은 이들을 '후문학파'라 부르며, 이들로부터 비록 기법은 다소 서툴더라도 내실 있는 문학작품이 나오지 않겠느냐는 기대 어린 격려의 말씀을 전했다. 황동기 시인은 그 이름에 꼭 들어맞는 인물이다.

문학소년이었으나 생계를 위해 공과대학을 택했고, 학비를 벌기 위해 제지공장에 취업하면서 그것이 평생 직업이 되었다. 그는 성공을 거두었지만, 이루지 못한 문학의 꿈과 은퇴 후 찾아온 허무가 그를 다시 시로 이끌었다. 늦깎이로 등단해 일 년 만에 시집을 냈고, 이어 수필집과 두 번째 시집을 펴내며 젊은이 못지않게 왕성한 창작활동을 했다. 그러나 언젠가부터 그는 시를 쓸 수 없게 되었다. '어지럼증' 때문이었다.

"전쟁과 질병"에 시달리던 "어린 시절에도 천지는 빙글빙글 돌았고", 오늘날 "명품의 파도"와 "테러의 광기" 속에서도 세상은 어지럽다. 팔십 고개에 이르러 노년의 증상으로 치부되는 이 어지럼증은, 사실 시대와 삶의 흔적이자 시인의 밝은 영의 그림자일지도 모른다. 정신없이 돌아가는 세상사에 어지럽지 않다면 오히려 이상하지 않은가. 그러므로 그의 시적 되물음—"왜 그것이 노년의 증상이라 말하느냐"—은 타당한 성찰로 독자에게 되돌려진다.

　"씁쓸히 웃는 어지럼증"과 함께 구십 마루를 향해 가는 시인에게, 이제 문학은 "태어나지 않은 아이들의 울음소리"처럼 들리지 않는 것을 듣고, 쓰이지 않는 시를 쓰는 일이 되어 있는지도 모른다.

황동기(黃東棋)는 1932년 전라북도 김제에서 태어났다. 전북대학교 공과대학 화학공학과와 한양대학교 대학원 화학공학과를 졸업하고, 2009년 《문학사계》 봄호에 「남산 성벽」 외 3편이 당선되며 등단했다. 《문학가족》 동인 고문으로 활동했으며, 한양공대 제지공학 강사, 한국제지공업 분야 기술사 제1호, 흥원제지공장 초대공장장을 역임했다. 한국제지공업규격(KS) 제정 전문위원과 한국제지기술인협회 특별고문으로도 활동했으며, 삼양무역상사 회장, 중국 요령성 본계시 조선족 고등학교 및 와이터산 초등학교 명예교장으로 교육 지원에도 힘썼다. **시집**으로는 『어느 날 문득』, 『호남평야 바람소리』가 있다.

닿고 싶은 곳 최문자

나무는 죽을 때 슬픈 쪽으로 쓰러진다.

늘 비어서 슬픔의 하중을 받던 곳

그 쪽으로 죽음의 방향을 정하고야

꽉 움켜잡았던 흙을 놓는다.

새들도 마지막엔 지상으로 내려온다.

죽을 줄 아는 새들은 땅으로 내려온다.

새처럼 죽기 위하여 내려온다.

허공에 떴던 삶을 다 데리고 내려온다.

종종거리다가

귀를 대고 싶은 슬픈 땅을 찾는다.

죽지 못하는 것들은 모두 서있다.

아름다운 듯 서있다.

웃음 띠며 서있다.

무방향으로 정신의 눈을 뜨고

땀을 흘리고 있다.

■출처:《현대시》, 1995년 5월호.

닿을 수 없어 더욱 슬픈 쪽

사람에게는 저마다 간절히 닿고 싶은 그리움의 대상이 있다. 그러나 닿을 수 없기에 더 허기지고 슬픈 쪽이 있다. 시인은 "나무는 죽을 때 슬픈 쪽으로 쓰러진다"고 단언하며, 그곳을 "늘 비어서 슬픔의 하중을 받던 곳"이라고 부른다. 허기지도록 그립고, 그리워서 허기진 곳. 닿고 싶지만 닿을 수 없어 더욱 그리운 자리, 한이 맺히도록 슬픈 쪽이다.

시 속에서 나무와 새는 죽음을 앞두고 방향을 정한다. 나무는 "꽉 움켜잡았던 흙을 놓"으며 슬픈 쪽으로 쓰러지고, 새는 허공에 떴던 삶을 "다 데리고 내려"온다. 시인은 이 이미지를 통해 삶과 죽음의 방향, 우리가 마지막에 향하는 자리, '슬픈 쪽'을 보여준다.

이 시를 읽으며 독자는 묻게 된다. 나의 '슬픈 쪽'은 어디인가. 그리움의 방향은 어디인가. 어쩌면 그것은 우리가 마지막에 쓰러지게 될 자리, 마지막에 안기고 싶은 품일지도 모른다.

나에게 그곳은 하늘이다. 돌아가신 어머니가 계신 곳, 정다운 음성과 눈길이 머무는 자리다. 세월이 흐를수록 그리움은 더 깊어지고, 슬픔은 가시지 않는다. 언젠가 힘이 다 빠지는 순간이 온다면 나는 아마도 어머니가 계시는 하늘 쪽으로 쓰러질 것이다.

"죽지 못하는 것들"로 "무방향으로 정신의 눈을 뜨고/땀을 흘리"

는 어리석은 삶을 다 데리고, 나는 "그쪽으로 죽음의 방향을 정하고야/꽉 움켜잡았던 흙을 놓"게 될 것이다. 나무의 쓰러짐을 통해 슬픔의 알레고리를 드러낸 시인의 통찰은 절묘한 표현 기교와 함께 빛난다.

최문자(崔文子)는 1943년 서울에서 태어났다. 성신여자대학교 대학원에서 현대문학 박사 학위를 받았으며, 1982년《현대문학》에서 3회 추천 완료로 등단했다. 협성대학교 문예창작과 교수와 제6대 협성대학교 총장, 배재대학교 석좌교수를 역임했다. 한성기문학상, 박두진문학상, 제1회 한송문학상, 한국시인협회상을 수상했다. **시집**으로는 『내가 아직 쓰지 않은 것』, 『마음과 엄마는 초록이었다』, 『우리가 훔친 것들이 만발한다』, 『귀 안에 슬픈 말 있네』, 『파의 목소리』, 『그녀는 믿는 버릇이 있다』, 『사과 사이사이 새』, 『닿고 싶은 곳』, 『나무 고아원』, 『해바라기밭의 리토르넬로』가 있다.

입동 저녁 이성선

벌레소리 고이던 나무 허리가 움푹 패었다

잎 없는 능선이 낮아져 그 아래 눕는다

가지 하나가 팔을 벌여 내 집을 두드린다

나무가 하늘에 기대어 우는 듯하다

나는 아무 대답도 못하고 바라만 본다

저문 시간이 고개 숙이고 마을을 서성거리고

그의 머리 위로 별이 벼꽃처럼 드물다

낡은 문 창에 달빛이 조금씩 줄어든다

달 내리는 소리가 마당을 지나 헛간에 머문다

누군가 떠나고 난 자리가 세상보다 크고 깊다

나무가 하늘에 기대어 우는 듯하다

■출처:《현대문학》, 2000년 12월호.

세상보다 크고 깊은 자리

입동(立冬)은 예로부터 겨울이 시작되는 날로 여겨졌다. 만물이 수렴하며 고요로 향하는 시기다. 이 시는 그러한 계절의 시간 속에서 삶의 저녁, 인생의 마지막 고개를 함께 비춘다. 시의 '입동'은 인생의 말년을, '저녁'은 저물어가는 시간을 상징한다. 따라서 '입동 저녁'은 아직 완전히 어둠에 잠기지 않았으나 이미 한겨울 밤으로 향하고 있는 순간의 풍경이라 할 수 있다.

이 작품은 시인이 세상을 떠나기 반년 전 발표한 시로, 시간의 배경이 그의 삶의 여정과도 겹친다. 그래서인지 시 속에는 마지막을 앞둔 자의 정묘한 감각과 적막이 배어 있다. 자연 속에서 구도자의 삶을 살았던 시인의 눈길이 그만큼 더 깊고 섬세하다.

시의 화자는 저물어가는 자연을 바라보며 연민을 드러낸다. "벌레 소리가 고이던 나무 허리가 움푹 패였"고, "하늘에 기대어 우는 듯"한 나무의 형상은 상실과 슬픔의 징후다. "움푹 패인" 상처와 "저문 시간"의 고개 숙임은 모두 세월의 쇠락과 인간의 무력함을 상징한다. 그러나 그 연민은 절망이 아니라, 자연의 이치를 아는 자의 조용한 수용에서 비롯된다.

결국 "나무가 하늘에 기대어 우는 듯한" '입동 저녁'은, "누군가 떠나고 난 자리가 세상보다 크고 깊다"는 깨달음으로 귀결된다. 그 떠난 자리의 크기만큼 남은 삶의 침묵도 깊어진다. 시인은 그

침묵 속에서 생의 마지막 저녁을 관조하며, 인간과 자연이 하나로
기울어가는 순간의 빛을 기록하고 있다.

이성선(李聖善)은 1941년 강원도 고성에서 태어나 2001년 영면했다. 속초중
학교와 속초고등학교를 졸업하고, 고려대학교 농학과와 교육대학원 국어교육과
를 졸업했다. 1970년 《문화비평》에 「시인의 병풍」 외 4편을 발표하며 등단했고,
1972년 《시문학》에 추천받아 본격적인 문학 활동을 시작했다. 《설악문우회》,
《갈뫼 및 물소리》 동인으로 활동했으며, 농촌진흥청 근무와 동광고등학교 교사,
숭실대학교 문예창작과 교수, 한국시인협회 상임위원, 원주토지문화관 관장을 역
임했다. 시와시학상, 정지용문학상, 한국시인협회상, 강원도문화상을 수상했으
며, **시집**으로는 『시인의 병풍』, 『하늘문을 두드리며』, 『몸은 지상에 묶여도』, 『밧
줄』, 『시인을 꿈꾸는 아이』, 『나의 나무가 너의 나무에게』, 『별이 비치는 지붕』,
『별까지 가면 된다』, 『새벽꽃향기』, 『향기나는 밤』, 『절정의 노래』, 『벌레 시인』,
『산시』, 『내 몸에 우주가 손을 얹었다』가 있다.

그믐 성선경

그믐은 지퍼를 잠근 입
믐 하고
입 두 개가 수평선을 사이에 두고
아무 말 없이 쭉 지퍼를 잠근 입

달도 없는 밤을
아버지는 얼굴로 말했다
늘 빡빡한 살림에
이자가 이자를 낳는 그믐

호롱불도 없는 저녁상을
말없이 물리고 나면
별빛같이 담뱃불만 반짝거릴 뿐
무겁게 입을 닫고
믐 했다

〉
나는 아직도 그믐이 되면
달도 없는 하늘이 불쌍해져
믐
입을 닫는다.

■출처: 시집 『파랑은 어디서 왔나』, 서정시학(2017).

시와 사람의 품격, 문질빈빈

"質勝文則野, 文勝質則史. 文質彬彬然後君子."

('본바탕이 외관을 지나치면 촌스럽고, 외관이 본바탕을 앞서면 겉치레에 그친다. 내용과 형식이 고르게 조화된 뒤에야 군자라 할 수 있다.')

— 『논어』「옹야편」

공자의 이 말은 예(禮)에 관한 가르침이지만, 시의 품격을 논할 때에도 그대로 적용될 수 있다. 시에서 본바탕은 주제 의식과 형이상적 사유 같은 '내용'이며, 외관은 이미지와 운율 같은 '형식'이다. 따라서 내용과 형식이 조화롭게 어우러질 때, 비로소 한 편의 시가 완전한 품격을 갖추게 된다.

성선경의 「그믐」은 낱말의 이미지와 정서가 탁월하게 일치한 작품이다. '그믐'이라는 말 자체가 '달도 없는 밤'이라는 자연 현상과, "무겁게 입을 닫고/믐 했다"는 '아버지의 얼굴'과 포개지며 형식적으로도 강한 응축미를 이룬다. 그러나 그 형식미는 시인의 마음바탕에서 비롯된 것이다. 시적 언어는 결국 작가의 영혼이 깃든 언어이기에, 시인의 내면에 철학적 인식과 인간에 대한 깊은 연민이 없다면 그 언어는 단지 수사나 유희에 머물고 말 것이다.

이 시에는 부조리한 현실 속에서도 "지퍼를 잠근 입"으로 인내하며 "무겁게 입을 닫고/믐"하는 아버지의 삶에 대한 시인의 뜨거운 이해와 연민이 깃들어 있다. 가난하지만 순후한, 말보다 책임으로 살아온 세대의 품격이 느껴진다. "호롱불도 없는 저녁상을 물리고 나면/별빛같이 담뱃불만 반짝거리"는 장면은 암담한 시대의 어둠 속에서도 꺼지지 않는 인간적 빛을 상징한다.

그 "달도 없는 하늘"을 불쌍히 여길 줄 아는 마음—바로 그것이 시와 사람의 품격, 곧 문질빈빈의 도다.

성선경은 1960년 경상남도 창녕에서 태어났다. 경남대학교 사범대학 국어교육학과를 졸업하고, 1988년 《한국일보》 신춘문예에 「바둑론」이 당선되며 등단했다. 《문청》 동인으로 활동했고, 《서정과현실》 편집주간을 지냈으며, 마산무학여자고등학교 교사로 재직했다. 월하지역문학상, 경남문학상, 마산시문화상, 시민불교문화상을 수상했으며, **시집**으로는 『널뛰는 직녀에게』, 『옛사랑을 읽다』, 『서른 살의 박봉 씨』, 『모란으로 가는 길』, 『몽유도원을 사다』, 『진경산수』, 『봄, 풋가지행(行)』, 『석간신문을 읽는 명태 씨』, 『파랑은 어디서 왔나』, 『까마중이 머루알처럼 까맣게 익어 갈 때』가 있다.

이사 원동우

아이의 장난감을 꾸리면서
아내가 운다
반지하의 네 평 방을 모두 치우고
문틀에 새겨진 아이의 키눈금을 만질 때, 풀썩
습기 찬 천장벽지가 떨어졌다

아직 떼지 않은 아이의 그림 속에
우주복을 입은 아내와 나
잠잘 때는 무중력이 되었으면
아버님은 아랫목에서 주무시고
이쪽 벽에서 당신과 나, 그리고
천장은 동생들 차지
지난번처럼 연탄가스가 새면
아랫목은 안 되잖아, 아, 아버지

생활의 빈 서랍들을 싣고 짐차는
어두워지는 한강을 건넌다 (닻을 올리기엔
주인집 아들의 제대가 너무 빠르다) 갑자기
중력을 벗어난 새떼처럼 눈이 날린다

아내가 울음을 그치고 아이가 웃음을 그치면
중력을 잃고 휘청거리는 많은 날들 위에
덜컹거리는 서랍들이 떠다니고 있다

눈발에 흐려지는 다리를 건널 때 아내가
고개를 돌렸다, 아 참
장판 밑에 장판 밑에
복권 두 장이 있음을 안다
강을 건너 이제 마악 변두리로
우리가 또 다른 피안으로 들어서는 것임을
눈물 뽀드득 닦아주는 손바닥처럼
쉽게 살아지는 것임을

성냥불을 그으면 아내의
작은 손이 바람을 막으러 온다
손바닥만큼 환한 불빛

■출처:《세계일보》, 1993년 신춘문예.

손바닥만큼 환한 불빛으로의 이사

이 시의 백미는 마지막 연의 "손바닥만큼 환한 불빛"이다. 시인은 가난한 삶의 이사 장면을 무비카메라로 찍듯 정밀하게 포착한다. "습기 찬 천장벽지", "문틀의 키눈금", "덜컹거리는 서랍" 같은 구체적 이미지 속에서 그는 절망의 어둠을 통과하는 한 가족의 모습을 암울하게 그린다. 그러나 마지막 순간, 그 어둠을 뚫고 나오는 것은 한 줌의 불빛이다.

"성냥불을 그으면 아내의/작은 손이 바람을 막으러 온다/손바닥만큼 환한 불빛."
그것은 생의 끝자락에서 맞잡은 온기의 상징이며, 무너질 듯한 현실 속에서도 희망의 가능성을 붙드는 인간의 손길이다.

"복권 두 장"과 "변두리로 들어서는" 가난의 현실은 냉정하지만, 시는 그것을 비관으로 마무리하지 않는다. 오히려 "눈물 뽀드득 닦아주는 손바닥처럼/쉽게 살아지는 것임을" 믿고자 한다. 절망의 강을 건너며 시인이 본 것은 혁명도 구호도 아닌, 작은 손바닥만한 사랑의 빛이었다.

희망은 언제나 거창한 약속이 아니라, 바람을 막으러 오는 작은 손만큼의 환한 불빛이다. 그 불빛이 있기에 그는 강을 건넌다. 삶은 무겁게 덜컹거리지만, 그 손이 있어 아직은 따뜻하다. 그 불빛이 있기에 우리는 절망 속에서도 다시 살아낼 힘을 얻는다. 슬픔

가운데 비통한 마음을 추스르고 일어나 강 저편으로의 '이사'를 꿈꿀 수 있다. 그 '불빛'이 바로 "복권 두 장"이며, "바람을 막으러 오는 작은 손"이 있는 그곳이 "또 다른 피안"이다.

그곳은 현실과 이상의 괴리 속에서도 아이러니를 펼칠 수 있는 시인의 언덕. 신산한 삶이 "눈물 뽀드득 닦아주는 손바닥처럼/쉽게 살아지는" 곳이다.

원동우는 1963년 경기도 가평에서 태어났다. 중앙대학교 문예창작학과를 졸업하고, 1993년 《세계일보》 신춘문예 시 부문에 「이사」가, 1994년 같은 신춘문예 수필 부문에 「삶의 무늬」가 당선되며 문단에 나왔다. 은행 근무와 벤처기업 운영 등 다양한 직업적 경험을 거쳐, 현재는 한국예술원 교수로 재직 중이다. 대표작 「이사」는 일상의 사소한 풍경 속에서 삶의 진실을 포착하는 능력으로 주목받았으며, 이후에도 「기원에 관하여」, 「고물상 화엄경」, 「끈에 관하여」 등의 작품을 통해 일상성과 철학적 사유를 결합한 시 세계를 구축해 왔다. **시집**으로는 『멀리 있어도 가까이 불리는 이름』이 있다.

빨래는 얼면서 마르고 있다 _{나희덕}

이를테면, 고드름 달고

빳빳하게 벌서고 있는 겨울 빨래라든가

달무리진 밤하늘에 희미한 별들,

그것이 어느 세월에 마를 것이냐고

또 언제나 반짝일 수 있는 것이냐고 묻는다면

나는 대답하겠습니다.

빨래는 얼면서 마르고 있다고,

희미하지만 끝내 꺼지지 않는 게

세상엔 얼마나 많으냐고 말입니다.

상처를 터뜨리면서 단단해지는 손등이며

얼어붙은 나무껍질이며

거기에 마음 끝을 부비고 살면

좋겠다고, 아니면 겨울 빨래에

작은 고기 한 마리로 깃들여 살다가

그것이 마르는 날

나는 아주 없어져도 좋겠다고 말입니다.

■출처: 시집 『그 말이 잎을 물들였다』, 창작과비평사(1994).

겨울 빨래, 얼면서 마르는 인생

세탁기가 흔한 오늘날에는 빨래가 그리 어렵지 않지만, 한 세대 전만 해도 빨래는 수행에 가까운 일이었다. 어머니들은 잿물을 내리고, 매운 눈물 속에서 재를 태워 비누를 만들었다. 차가운 냇가에서 얼음장을 깨고 맨손으로 빨래를 치대야 했다.

빨래는 깨끗이 빨았다고 끝이 아니었다. 언 손으로 힘껏 짜서 마당 가득 널면, 매서운 바람이 그것을 얼리고 고드름이 매달렸다. 그래도 어머니들은 늘 말했다. "빨래는 얼면서도 마른단다." 그 말은 단순한 생활의 경험이 아니라, 삶의 법칙이었다.

해 질 무렵, 어머니는 언 빨래를 조심스레 걷어 방안에 두었다. 얼음이 풀린 뒤에야 그것들을 개킬 수 있었기 때문이다. 섣불리 만진 빨래는 부러지기도 했다. 그 장면을 떠올리면, 겨울 빨래는 곧 인생의 은유다. 얼어붙은 시절 속에서도 우리는 조금씩 마르고 단단해진다.

시인은 바로 그 진리를 포착한다. "빨래는 얼면서 마르고 있다." 인생에는 혹독한 겨울이 찾아오지만, 고통 속에서도 우리는 단단해지고 있다. "얼어붙은 나무껍질"처럼, 상처를 터뜨리며 굳어가는 손등처럼, 삶은 그렇게 견디며 성숙한다.

한겨울 식구들의 빨래를 하던 어머니의 손, 그 손끝에 온 가족이 "마음 끝을 부비고 살"던 시절을 떠올리면 시린 마음 한켠에 따뜻한 온기가 번진다.

　이 시는 말한다. 인생은 겨울 빨래처럼 얼면서도 마른다고. 고통 속에서도 우리는 조금씩 완성되어 가고 있다고.

나희덕(羅喜德)은 1966년 충청남도 논산에서 태어났다. 연세대학교 국어국문학과를 졸업하고 동 대학원에서 석사와 박사 학위를 받았다. 1989년《중앙일보》신춘문예에 「뿌리에게」가 당선되며 등단했고, 《창작과비평》·《녹색평론》 편집자문위원으로 활동했으며 조선대학교 문예창작학과 교수를 역임했다. 현재는 서울과학기술대학교 문예창작과 교수로 재직 중이다. 김수영문학상, 김달진문학상, 오늘의 젊은 예술가상, 현대문학상, 이산문학상, 소월시문학상, 지훈상, 임화문학예술상, 미당문학상, 백석문학상 등을 수상했으며, **시집**으로는 『뿌리에게』, 『그 말이 잎을 물들였다』, 『그곳이 멀지 않다』, 『어두워진다는 것』, 『사라진 손바닥』, 『야생사과』, 『말들이 돌아오는 시간』, 『파일명 서정시』, 『가능주의자』가 있다.

천장호에서 나희덕

얼어붙은 호수는 아무것도 비추지 않는다

불빛도 산 그림자도 잃어버렸다

제 단단함의 서슬만이 빛나고 있을 뿐

아무것도 아무것도 품지 않는다

헛되이 던진 돌멩이들,

새떼 대신 메아리만 쩡 쩡 날아오른다

네 이름을 부르는 일이 그러했다

■출처: 시집 『그곳이 멀지 않다』, 문학동네(1997).

사람 마음은 물과 같지 않아

　겨울이 지나고 봄이 오면 얼었던 강물도 풀리고 얼음호수도 녹는다. 그러나 "사람 마음은 물과 같지 않아"(유우석, 「죽지사」) 바람 한 점 없는 평지에서도 크고 작은 물결(波瀾)이 일고, 따스한 햇볕에도 좀처럼 녹지 않는다. 그럴 때 우리는 그 마음을 어떻게 해야 할까. 마음은 어떤 연유로 이렇게 얼어붙게 되고, 어떻게 해야 풀릴 수 있을까. 언제나 문제는 마음이다.

　"넓을 때는 온 우주를 다 감싸고도 남지만, 좁을 때는 바늘 하나 꽂을 틈도 없다."

　이보다 더 정확한 마음의 비유는 없을 것이다. '얼어붙은 호수'는 그중에서도 바늘 하나 꽂을 자리조차 없는 마음이다. 어떤 반영도, 어떤 반응도 없다. 완전히 폐쇄된 마음 벽에 부딪쳐 되돌아오는 것은 차가운 반향뿐이다. 세상과 단절된 채, 오직 "제 단단함의 서슬"만이 차갑게 빛나고 있다. 자극을 주는 쪽에서는 지치고, 결국 떠나게 된다. 그는 점점 더 외톨이가 되고, 점점 더 굳어간다. 극한으로 향하는 악순환이다.

　그는 어쩌다 그런 마음이 되었을까. 자기만이 옳다는 독선, 누구의 어떤 것도 포용하지 못하는 고집과 고립, 퍼렇게 빛나는 단단함의 서슬—그 완고함은 어디에서 비롯되었을까. 대부분의 경우 그것은 상처 때문이다. 호수로 비유된 그는 누군가로부터 깊은 상처를 받았을 것이며, 그때 보호나 위로를 받지 못한 채 방치되었을 것이다. 세상은 혼자 이겨내기엔 너무 추운 곳이다. 그런 시간이 쌓이면 사람의 내면은 점점 얼어붙는다. 마음이 얼음 호수가 되는 것이다.

세상이 춥고 무섭다고 느껴질 때면 우리는 마음의 문을 닫고 자기 안으로 숨어든다. 그러나 바로 그때, 우리 안의 어떤 힘이 역설적으로 우리를 다시 살려내기도 한다.

김금희의 소설 『경애의 마음』에서 남자 주인공 상수가 경애에게 보낸 편지에는 이런 문장이 있다.

"언니, 마음을 폐기하지 마세요. 마음은 그렇게 어느 부분을 버릴 수 있는 게 아니더라고요. 우리는 조금 부스러지기는 했지만 파괴되지는 않았습니다."

그 문장을 읽으며 나는 생각했다. 폐기하지 않으면, 부서진 마음도 언젠가는 회복된다고. 아무리 단단히 언 호수도 어딘가에는 숨구멍이 있고, 아무리 두꺼운 얼음장이라도 그 아래로는 물이 흐르고 있다. 그러니 서두르지 말자. 입춘과 우수가 지나면 얼음이 녹듯, 우리의 마음도 녹는 데에는 시간이 필요하다. "어떤 시간은 가는 게 아니라 녹는 것이라서" 그 얼어붙은 시간이 녹을 때까지는 다만 기다려야 한다.

그때 누군가 곁에서 그를 지켜보아 주는 사람이 있다면 좋다. 그리고 가능하다면, 누구라도 혹은 무엇이라도 돌볼 수 있다면 더 좋다. 이상하게도 우리의 마음은 자기보다 더 힘들고 약한 존재를 돌볼 때 녹기 시작한다. 힘든 사람끼리 서로 기대어 마음을 비빌 때, 그 온기로 추위를 견딜 수 있다. 그 따뜻함이 자기 마음을 녹이며, 다시 누군가의 마음으로 번져간다.

소설 속 경애가 다시 상수에게 보낸 이메일의 한 문장이 오래 남는다.
"우리가 함께 이야기하는 일만은 폐기되지 않아야 합니다."

그렇다. 언젠가 우리의 마음도 호수답게, 다시 반영하고, 다시 미세한 바람에도 아름다운 파문을 일으킬 수 있기를.

눈 내리는 저녁 숲가에 멈추어서 로버트 프로스트

이것이 누구의 숲인지 나는 알 것도 같다.

그의 집은 비록 마을에 있지만,

그는 비록 눈으로 뒤덮인 자신의 숲을 보기 위해

여기에 멈춰선 나를 보지 못할 테지만.

내 조랑말은 틀림없이 괴상히 여길 테지.

근처에 농가도 하나 없는데

일 년 중 가장 어두운 저녁에

숲과 얼어붙은 호수 사이에 내가 멈춰선 것을.

조랑말이 자기 목방울을 한번 흔든다.

뭔가 실수한 것 아니냐고 물으려는 듯.

그밖에 다른 소리라곤

가벼운 바람에 쓸리는 눈잎 소리뿐.

숲은 사랑스럽고 어둡고 깊다.

그러나 나는 지켜야 할 약속들이 있고,

잠들기 전에 가야 할 몇 마일의 길이 있다.

잠들기 전에 가야 할 몇 마일의 길이 있다.

■출처:『Biblio/Poetry Therapy』, North Star Press of St. Cloud(2011). 번역: 임미옥

기쁨에서 시작해 지혜로 끝나는 시

"시는 기쁨에서 시작해서 지혜로 끝난다."

로버트 프로스트가 남긴 이 말은, 한 편의 시가 완성되기까지 어떤 여정을 거치는지를 간명하게 말해준다. 시의 시작에는 언제나 '기쁨', 즉 시적 충동과 생의 감각이 있다. 그러나 시는 그 기쁨에 머물지 않고, 끝내 인생의 해명과 재해석으로 나아가며 '지혜'에 이른다.

그는 이렇게 말했다.

"사랑이 그런 것과 마찬가지로, 시는 기쁨에서 시작하고, 충동에 쏠리고, 첫 시행을 씀으로써 방향을 잡고, 다행한 성과나 결과를 내면서 진행되다가 생의 해명으로 끝난다. 시는 진행되면서 그 자신의 이름을 발견하며 마지막 시구에서 최선의 것을 발견하는데, 그것은 지혜로운 동시에 슬픈 어떤 것—술자리에서 하는 노래의 행복과 슬픔의 혼합과 같은 것이다."

프로스트는 20세기 미국 문학을 대표하는 시인으로, 자연을 토대로 인간의 내면을 통찰한 명상적 시 세계를 열었다. 「눈 내리는 저녁 숲가에 멈춰서서」는 그가 말한 시의 원리를 가장 잘 보여주는 작품이다. 농부의 언어처럼 소박한 문장 속에 명상가의 깊은 사유가 스며 있다.

시인은 눈 내리는 숲의 아름다움 앞에 잠시 멈춰 선다. "숲은 사랑스럽고 어둡고 깊다." 그러나 그는 곧 자신을 부르는 또 다른 목소리를 듣는다. "지켜야 할 약속들이 있고,/잠들기 전에 가야 할 몇 마일 길이 있다."

이 짧은 결구 속에 인간 존재의 본질이 응축되어 있다. 자연의 적요와 신비 앞에서도 그는 다시 '인간의 길'로 돌아가야 한다. '자연의 아름다움' 속에 영원히 머물고 싶은 유혹을 뿌리치고, 세속의 약속과 삶의 의무를 떠올린다. 그것이 바로 "지혜로운 동시에 슬픈 어떤 것"이며, 프로스트가 말한 시의 귀결이다.

시 속의 조랑말은 자연과 인간을 이어주는 매개이자, 현실로 이끄는 경계의 존재다. 조랑말의 목방울이 울리지 않았다면, 시인은 끝내 그 숲에 머물러버렸을지도 모른다. 그 소리는 자연의 황홀에 빠진 인간을 깨워 다시 세상으로 불러내는 현실의 신호이자, 삶의 책임을 환기하는 작은 종소리다.

우리에게도 그런 신호수가 있을까. 현실의 무게 속에서도 우리를 다시 길 위에 세우는, 조용한 목방울 소리 같은 것. 기쁨 속에 안주하고 싶은 마음을 일깨워 삶의 순례를 계속하도록 이끄는 어떤 존재가 있을까.

그것이 바로 시인이 말한 "지켜야 할 약속"이며, 우리 각자가 끝내 가야 할 "몇 마일의 길"일 것이다.

로버트 리 프로스트(Robert Lee Frost)는 1874년 미국 캘리포니아주 샌프란시스코에서 태어나 1963년 영면했다. 로렌스 고등학교를 졸업하고 다트머스 법대와 하버드대학교에 진학했으나 조기 중단했다. 1894년 《인디펜던트》에 「나의 나비: 비가(My Butterfly: An Elegy)」를 발표하며 작품 판매를 시작했고, 이후 농부와 교사를 거쳐 암허스트대학 영문학 및 미시간대학 시학 교수, 하버드대학교, 다트머스대학교, 애머스트대학교에서 교수 및 시간강사로도 활동했다. 일상의 언어로 깊은 자연과 인간의 내면을 노래하며 미국 시단을 대표하는 인물로 자리매김했으며, 퓰리처상을 4회 수상했다. **시집**으로는 『소년의 의지(A Boy's Will)』, 『보스턴의 북쪽(North of Boston)』, 『시 모음집(Collected Poems)』 등이 있다.

눈물꽃 루이즈 글릭

내가 어떠했는지, 어떻게 살았는지 아는가.
절망이 무엇인지 안다면 당신은
분명 겨울의 의미를 이해할 것이다.

나 자신이 살아남으리라고
기대하지 않았었다.
대지가 나를 내리눌렀기에.
내가 다시 깨어날 것이라고는
예상하지 못했었다.
축축한 흙 속에서 내 몸이
다시 반응하는 걸 느끼리라고는.
그토록 긴 시간이 흐른 후
가장 이른 봄의
차가운 빛 속에서
다시 자신을 여는 법을
기억해 내면서.

〉

나는 지금 두려운가.

그렇다, 하지만

당신과 함께 다시 외친다.

'좋아, 기쁨에 모험을 걸자.'

새로운 세상의 살을 에는 바람 속에서.

■출처: 류시화 엮음, 『마음챙김의 시』, 수오서재(2020).

좋아, 기쁨에 모험을 걸자

2020년 노벨문학상을 수상한 루이즈 글릭의 시들이 유난히 반갑게 다가온다. 심신의 오랜 고통 끝에 영혼의 깊은 곳에서 끌어올린 시어들에 감도는 생기가, 아직 겨울의 추위 속에 떨고 있는 우리에게 봄의 희망을 전해 주기 때문이다. "나 자신이 살아남으리라고 기대하지 않았었다." 이 순간 이 글을 읽고 반응하는 우리는 모두 살아남은 자, 즉 생존자들이다. 혹독한 겨울의 매서운 냉기 속에서도 살아남아 "다시 반응하는" '눈풀꽃'들이다.

인생은 크고 작은 사건·실패·질병들로 우리를 절망시키곤 한다. 나 자신만 돌아보아도 얼마나 많은 어둠이 '대지'처럼 "나를 내리눌렀"는지 모른다. 문득 나도 이 시인처럼 묻고 싶어진다. "내가 어떠했는지, 어떻게 살았는지 아는가."

나는 스무 살 때 재생불량성빈혈 진단을 받고 1년 남짓 투병했다. 그 상태로 대학입시를 준비했고, 그즈음 5·18 민주화운동을 맞닥뜨렸다. '눈풀꽃' 같은 이들이 "가장 이른 봄의/차가운 빛 속에서" 자신을 열었지만 많은 이들이 쓰러졌다. 그 뒤로도 시대의 겨울은 오래 지속됐고, 나는 한동안 공황 증세에 시달렸다.

그런 내가 결혼해 아이들을 키우고, 시인·상담사가 되고, 육십이다 되어 문학치료 대학원까지 졸업했다. 물론 그 사이에도 여러 힘겨운 일이 나를 내리눌렀고, 나는 다시 절망했다가 다시 깨어나곤

했다. 그러나 절망 중에서도 가장 큰 절망은 자신에 대한 절망이었다. 얼마 전 졸음운전으로 큰 교통사고를 내고 병상에 누워야 했다.

그러다가 차츰 회복돼 침대에서 일어나 방 밖으로, 집 밖으로 활동 반경을 넓힐 수 있게 되었다. 완전히 회복되기까지 1년이 넘는 시간이 걸렸다. "그토록 긴 시간이 흐른 후/가장 이른 봄의/차가운 빛 속에서/다시 자신을 여는 법을/기억해 내면서."

병원에서는 통증과 고립감을 잊기 위해 페이스북에 글을 쓰고 낯선 친구들과 소통했다. "나는 지금 두려운가./그렇다, 하지만/당신과 함께…" 사람들의 반응이 두려웠지만, 나는 나를 열었고 "기쁨에 모험을 걸"었다. 단 한 사람의 반응이라도 나에겐 빛이었다.

여전히 허리에 보조기를 찬 채였지만 나는 하루하루 활동 범위를 넓혀 가며 점점 더 오래 정원을 거닐었다. 정원의 작은 풀꽃들이 친구가 되어 주었고, 뜰 고양이들이 동무가 되어 주었다. 나는 그들에게 마음을 기울이고, 이름을 불러주며 밥과 물을 주고 똥을 치우며 교감했다. 그러는 사이 전화나 메시지·선물을 보내오는 친구들과 친척들이 있었다. 돌아보면 모두 쓰러진 나를 위로하고 다시 세상에 나아갈 힘과 용기를 주는 "이른 봄의 차가운 빛"들이었다.

'좋아, 기쁨에 모험을 걸자.'

나는 다시 세상 밖으로 나간다. 친구들을 만나 식사와 차와 담소를 나누고, 그동안 하지 못했던 강의를 재개하고, 새롭게 '문학치료연구소'를 열었다. 그리고 이렇게 새 책을 세상에 내놓는다. "새로운 세상의 살을 에는 바람 속에서" 또다시 상처를 입고 절망의 심연에 빠질지라도, 이 작은 '눈풀꽃'이 다시 반응하는 법을 잊지 않으리라.

"겨울의 의미를 이해하는" 당신은 어떤 절망을 겪었는가.
그리고 지금, 어떤 기쁨에 모험을 걸고 있는가.

루이즈 엘리자베스 글릭(Louise Elisabeth Glück)은 1943년 미국 뉴욕에서 태어나 2023년 영면했다. 미국을 대표하는 시인이자 수필가로, 예일대학교 영문학과 교수로 재직했다. 1968년 첫 시집 『맏이(Firstborn)』를 출간하며 등단했으며, 내면의 상처와 상실, 침묵과 재생의 세계를 절제된 언어로 탐구한 작품들로 전 세계 독자들의 깊은 사랑을 받았다. 1993년 시집 『야생 붓꽃(Wild Iris)』으로 퓰리처상과 전미도서상을 수상하였고, 2020년에는 노벨문학상을 수상하며 세계 문학사에 큰 획을 그었다. **시집**으로는 『맏이』, 『습지의 집(The House on Marshland)』, 『내림차순(Descending Figure)』, 『아킬레우스의 승리(The Triumph of Achilles)』, 『아라라트(Ararat)』, 『야생 붓꽃(Wild Iris)』, 『첫 시 네 권(The First Four Books of Poems)』, 『목초지(Meadowlands)』, 『신생(Vita Nova)』, 『일곱 시기(The Seven Ages)』, 『아베르노(Averno)』, 『촌락의 삶(A Village Life)』, 『시(Poems) 1962-2012』, 『독실하고 고결한 밤(Faithful and Virtuous Night)』 등이 있다.

작가의 말

시 출처 일람

마음이 머무는 시선,
그 조용한 동행을 마치며

시 한 편을 읽는다는 건 단지 그 뜻을 해석하는 일이 아니었습니다. 그 안에 담긴 삶을 따라가고, 그 삶을 쓴 이의 마음을 어루만져보는 일이었습니다. 그래서 해설을 쓰는 동안 저는 자주 멈춰섰고, 오래 머물렀습니다. 시를 해설하는 것이 아니라, 시 앞에 조용히 앉아 마음을 기울이는 시간이었습니다.

『임미옥의 시적 동행』이라는 이름으로 이 시 해설 시리즈를 시작하면서, 제가 이끌었던 '목요시선'이라는 연재는 어느덧 제 삶의 일부가 되었습니다. 아프고 무기력했던 시간에, 매주 시와 마주하는 일이 제게 의미의 불씨와 회복의 리듬을 안겨주었기 때문입니다.

시선(詩選)은 곧 시선(視線)이기도 했습니다. 그러나 제가 지향하고자 했던 시선은 감시하거나 판단하거나 해석을 강요하는 시선이 아닙니다. 그보다는 시를 통해 삶을 이해하고, 시인들의 마음을 공감하며, 그 시를 읽는 독자 한 사람 한 사람에게 조용히 다가가는 눈길이었습니다.

시는 늘 제 곁에 있었고, 저는 그 곁에서 마음이 머무는 시선으로 시를 바라보았습니다.

이 책이 아프고 위급한 세상에서 잠시 숨을 고르게 해주는 조용한 동행이 되기를, 그리고 이 책을 읽는 분들이 이 시선 속에서 자신의 삶을 한 번 더 바라보고, 잠시 멈춰 서서 마음이 머무는 자리를 찾아가시기를 바랍니다.

이 책을 통해 만난 모든 시인들에게, 그리고 시를 사랑하는 독자들에게 저는 깊은 감사와 존경의 마음을 전합니다. 시와 함께했던 시간은 저에게 큰 선물이었습니다.

그리고 이 여정을 마친 지금, 저는 다음 동행을 조심스레 준비하고 있습니다. 『임미옥의 시적 동행 3 - 꽃피는 마음으로 시를 읽다』는 시의 말 앞에 머물렀던 마음이 마침내 스스로 피어나는 순간들을 담게 될 것입니다. 그 여정 또한 독자 여러분과 함께할 수 있기를 소망합니다.

다시 한 번, 시 앞에서 머물러주신 모든 분들께 마음 깊이 감사드립니다.

임미옥

『임미옥의 시적 동행 2
− 마음이 머무는 시선』

1부

1. 시집 『하늘과 바람과 별과 시』, 정음사(1948).

2. 『에밀리 디킨슨 시 전집 1』, 바오로딸(2010).

3. 시집 『오늘은 내가 반달로 떠도』, 분도출판사(1983).

4. 시집 『트란스트뢰메르 시선 − 미완의 천국』, 창비(2011).

5. 시집 『시와 나무와 하나님』, 아카넷(2002).

6. 『추사선생 시집 2』, 서예문인화(2013).

7. 『김춘수 시전집』, 현대문학(2004).

8. 시화집 『유치찬란』, 삼성출판사(1989).

9. 시선집 『박남수 시선』, 지식을만드는지식(2012).

10. 시선집 『시를 읊는 의자』, 명문당(2017).

11. 시집 『해인으로 가는 길』, 문학동네(2006).

12. 시집 『눈에 넣어도 아프지 않은 것들의 목록』, 창비(2016).

13. 《월간문학》, 2010년 4월호.

14. 시집 『강아지풀』, 민음사(1975).

15. 《작은詩앗채송화 겹겹》, 2024년 제31호.

16. 번역 시집 『지에코초』, 시간의물레(2014).

17. 시집 『빛을 기억하라고?』, 빗방울화석(2008).

18. 시집 『자명한 산책』, 문학과지성사(2003).

19. 시집 『거대한 말뚝』, 열린출판미디어(2004).

2부

1. 시집 『그날이 오면』, 문학과지성사(1988).

2. 시집 『김현승 시 전집 1』, 새미(2002).

3. 시선집 『유치환 시선』, 지식을만드는지식(2012).

4. 시집 『사모하는 빛』, 문학과지성사(1995).

5. 자작시 해설집 『말을 배우러 세상에 왔네』, 황금알(2015).

6. 시집 『대장간의 유혹』, 미래사(1991).

7. 시선집 『고정희 시선』, 지식을만드는지식(2012).

8. 시집 『양귀비꽃 머리에 꽂고』, 민음사(2004).

9. 『Biblio/Poetry Therapy』, North Star Press of St. Cloud(2011).

10. 《시문학》, 2014년 3월호.

11. 시선집 『섬』, 열림원(2009).

12. 시집 『섯!』, 천년의 시작(2018).

13. 시집 『신발론』, 문학의전당(2013).

14. 《세계일보》, 1994년 신춘문예.

15. 시집 『향미사(響尾蛇)』, 문예사(1953).

16. 시집 『입속의 검은 잎』, 문학과지성사(1991).

17. 오에 겐자부로, 『인생의 친척』, 웅진출판(1994).

3부

1. 시집 『하늘과 바람과 별과 詩』, 정음사(1948).

2. 시집 『기탄잘리(Gitanjali)』, 정현종 옮김, 문학과지성사(2009).

3. 시집 『나의 사랑 나의 하나님』, 문학과지성사(1985).

4. 시집 『박재삼 시집』, 범우사(1989).

5. 《현대시학》, 2003년.

6. 시집 『그러니 그대 사라지지 말아라』, 느린걸음(2010).

7. 시집 『종이등 켜진 문간』, 문학세계사(1997).

8. 시집 『어머니와 할머니의 실루엣』, 창비(1998).

9. 시집 『지금도 그 별은 눈뜨는가』, 창비(1997).

10. 시선집 『겨울날』, 창작과비평사(1975).

11. 시선집 『산이 누워버린 까닭은』, 시문학사(2008).

12. 시집 『물의 입, 바람의 입』, 문학아카데미(2022).

13. 시집 『눈의 나라 설화』, 문학사계(2016).

14. 시집 『붓끝에서 피는 꽃』, 문학사계(2018).

15. 시집 『생명연습』, 문학사계(2019).

16. 『Biblio/Poetry Therapy』, North Star Press of St. Cloud(2011).

17. 『영원한 사랑의 기도』, 국학자료원(1996).

18. Poetry Foundation, "Buffalo Dusk" by Carl Sandburg. (https://www.poetryfoundation.org/poems/53232/buffalo-dusk).

4부

1. 시집 『국화 옆에서』, 정음사(1947).

2. 시집 『귀로』, 샘터사(1974).

3. 시집 『겨울바다』, 창작과비평사(1979).

4. 시집 『하늘과 바람과 별과 詩』, 더스토리(2016).

5. 시집 『정지용 시전집』, 민음사(1987).

6. 시집 『한승원 시선집』, 문학세계사(2002).

7. 시집 『사는 법』, 열화당(1983).

8. 시집 『시간 허물기』, 새미(2012).

9. 시집 『호남평야 바람소리』, 문학사계(2017).

10. 《현대시》, 1995년 5월호.

11. 《현대문학》, 2000년 12월호.

12. 시집 『파랑은 어디서 왔나』, 서정시학(2017).

13. 《세계일보》, 1993년 신춘문예.

14. 시집 『그 말이 잎을 물들였다』, 창작과비평사(1994).

15. 시집 『그곳이 멀지 않다』, 문학동네(1997).

16. 『Biblio/Poetry Therapy』, North Star Press of St. Cloud(2011).

17. 류시화 엮음, 『마음챙김의 시』, 수오서재(2020).

마음이 머무는 시선

초판 1쇄 인쇄일	2026년 3월 3일
초판 1쇄 발행일	2026년 3월 11일

지은이	임미옥
펴낸이	한선희
편집/디자인	이보은 박재원 안솔비 근지은
마케팅	정찬용 정진이
영업관리	한선희 정구형
책임편집	근지은
펴낸곳	국학자료원 새미(주)
	등록일 2005 03 15 제25100-2005-000008 호
	경기도 고양시 덕양구 권율대로 656 원흥동
	클래시아 더 퍼스트 1519,1520호
	Tel 02)442-4623 Fax 02)6499-3082
	www.kookhak.co.kr
	kookhak2010@hanmail.net
ISBN	979-11-6797-290-3 *03800
가격	22,000원